I0538215

LYV

Olivia Rigal

Traduit de l'anglais par l'auteur.

©2014 Lady O Publishing LLC
Tous droits réservés

contact / Lady O Publishing . com
www.ladyopublishing.com

Lyv (Version française) - 1st ed.
ISBN 978-0-9898550-6-8

Cette histoire est pure fiction et cela même
lorsqu'elle a pour décors certains lieux qui existent
ou comme toile de fond des évènements collectifs qui
se sont réellement produits.
Les noms, les personnages et leurs histoires
ont été imaginés de toute pièce par l'auteur et toute
ressemblance avec la réalité serait une pure coïncidence.

Couverture *Okay Creation*

Table des matières

PREMIERE PARTIE

- 1978-

Chapitre 1

Manhattan est magique pendant les fêtes. Je suis heureuse que Ten ait pu m'y emmener. J'ai encore du mal à croire que ma mère ait dit oui et m'ait laissé partir avec lui. Mais d'un autre côté, c'est difficile de dire non à un Clark et surtout à Tennessee Charles Clark lorsqu'il fait son grand numéro de charme. Ten et moi nous connaissons depuis toujours, enfin, depuis que mes parents se sont installés à Long Island pour y ouvrir leur restaurant. J'étais si jeune, j'ai l'impression que cela fait une éternité.

L'été, toute la famille Clark prend ses quartiers dans les Hamptons. C'est une tradition et, chez les Clarks, les traditions c'est sacré. Une de ces traditions veut que toute la famille se réunisse pour le brunch le dimanche en fin de matinée. L'endroit devient à la mode dès qu'ils le choisissent. Mes parents ont eu de la chance, James Tennessee Clark, le patriarche, s'est arrêté une fois dans leur établissement et celui-ci lui a suffisamment plu pour qu'il crée une nouvelle tradition. Le Main Street Diner doit son succès à James Clark, alors mon abominable mère, sait qu'elle n'a pas intérêt à refuser quoi que ce soit à un Clark.

De temps en temps, je pense qu'elle espère qu'il se passera quelque chose entre Ten et moi. Elle rêve. Si elle avait les pieds sur terre, elle réaliserait que je ne suis pas du tout son genre. Toutes les filles avec qui il sort sont plates. C'est le genre sans-fesses sans-seins, si androgynes que de dos elles ne ressemblent pas vraiment à des filles.

Moi, je suis tout le contraire. Il n'y a rien de plat chez moi. Je suis tout en rondeur. Objectivement, je sais que j'ai un joli visage, mais le reste de ma personne n'est pas à la bonne taille. Je ne suis pas au goût du jour, mais je me suis fait une raison. Et puis, en plus, maintenant que Ten est à l'université il sort avec des filles plus vieilles que moi. Je suis la petite sœur qu'il n'a jamais eue. On est des potes.

Nous roulons sur sa Superglide jusqu'à Manhattan et déjeunons – c'est lui qui invite – en regardant le sapin géant. Nous nous baladons dans Central Park et dans West Village avant de nous rendre à un concert en bas de la ville. Je suis tellement excitée que c'en est ridicule ! Mais comme je vais jamais nulle part, pour moi c'est une véritable aventure. Manhattan c'est comme un univers différent. Même la nourriture n'a pas le même goût ici. Je regarde les décorations de Noël et je souris à Ten.

– Assez de cet esprit de fêtes ridicule, dit-il en riant. Il y a ce club sur le Bowery. C'est là où tout se passe en ce moment et c'est là où nous allons ce soir.

La musique c'est sa passion. Sans lui, la seule chose que j'y connaîtrais serait ce qui passe à la radio. Non, en fait, c'est pas tout à fait vrai. Je suis injuste avec notre professeur de musique. Le pauvre homme fait de son mieux pour élargir notre horizon. Il a commencé avec l'opéra chinois et, sérieusement, écouter ça, c'était pire qu'une punition. Quelques semaines après son fiasco oriental, il nous a initiés aux tambours africains et c'était plutôt cool.

Quoi qu'il en soit, j'adore la soul, j'aime la pop et je suis curieuse de découvrir d'autres choses grâce à Ten qui est une encyclopédie musicale vivante. Je le taquine en lui demandant quand est ce qu'il va admettre que 10CC c'est le diminutif de Tennessee Charles Clark et qu'il a écrit *I 'm Not In Love*. Il fait semblant de se vexer, c'est beaucoup trop commercial pour lui !

Pendant que Ten gare sa moto, je regarde autour de nous et me rends compte qu'on est dans un coin pas terrible. Je suis contente de ne pas être seule. Je suis ravie de voir le grand mec baraqué qui surveille l'entrée. Ten demande à cette montagne de garder un œil sur sa bécane. Je me demande s'il est armé. La rue est peuplée de dingues qui parlent tout seuls ou hurlent en s'adressant à la terre entière. L'un d'eux délire à propos du Vietnam. Un vétéran, je suppose. Le pauvre homme semble poursuivi par des fantômes. Il y a aussi des clochards en train de cuver leur poison sur le trottoir malgré le froid. Je vois des bouteilles de bière et d'alcool vides. Ces hommes ne sont pas comme nos clochards de Long Island. Ils ont l'air plus amochés. Je retire mon casque et tente de ne pas les fixer. Je n'y arrive pas, c'est comme une fascination morbide. C'est difficile de détourner mon regard d'eux, mais j'y arrive pour glisser mes doigts dans les cheveux de Ten pour remédier au look que lui a fait son casque.

Ten me laisse faire en souriant. Je crois qu'il aime bien que je le materne un peu. Sa mère est encore plus froide que la mienne. Je ne croyais pas que c'était possible avant de la rencontrer. Si ma mère est la Reine des Salopes, la mère de Ten est la Reine de la Banquise.

Quand j'ai fini de le recoiffer, nous rentrons dans le club. C'est sombre, plein de gens et bruyant. Ten traverse la foule avec facilité. Je m'accroche à sa main pour suivre dans son sillage jusqu'à ce qu'il décide que nous sommes assez près de la scène. Il s'est rapproché pour moi. Du haut de son mètre quatre-vingt-dix, il devait probablement tout voir depuis l'autre côté de la salle. Il me pousse devant lui. Je fais un pas et je reste pétrifiée.

En réalité, je pense que Ten et moi sommes tous les deux subjugués. Quand je m'immobilise, Ten me rentre dedans. Je tourne la tête et je vois qu'il regarde bouche bée ce mec sur la piste de danse juste devant nous. C'est comme une version moderne d'un dieu grec. Il doit avoir l'âge de Ten, une petite vingtaine d'années et il est bâti comme lui.

Il est grand, de larges épaules sont visibles sous son blouson de cuir, sa taille mince est mise en faveur par son 501 et il porte des bottes de motard. Comme Ten et moi, il y a quelques instants, ses cheveux ont été écrasés par un casque. Plus je le regarde, plus je me dis qu'ils pourraient être frères. Ils ont tous les deux une mâchoire carrée et des cheveux châtains, mais alors que les yeux du dieu grec sont bleu pâle, les yeux de Ten sont si sombres qu'ils semblent noirs.

Mais il y a une différence fondamentale entre eux. Ten possède cet air de gentil garçon qui pousse toutes les femmes mûres à rêver qu'il s'intéresse à leurs filles. Ten a l'air de quelqu'un de confiance, quelqu'un sur qui l'on peut compter. Et d'ailleurs, avec Ten, je me sens protégée. Quand je suis avec lui, le monde n'est plus dangereux. Le dieu grec c'est une autre histoire. Juste à le regarder bouger, je me dis qu'il est tout sauf rassurant. Il a le pouvoir de séduction du danger, le pouvoir d'attraction du diable. Il est craquant.

Mon cœur s'est mis à battre au rythme du rock que joue le groupe sur scène. Je mets ma main sur l'épaule de Ten et, sur la pointe des pieds, je crie dans son oreille : je crois que je suis amoureuse.

Il me sourit et se penche pour crier dans la mienne.

– Moi aussi, j'adore les mauvais garçons.

Il rit en voyant l'expression sur mon visage alors que je réalise ce qu'il vient de me dire.

– Allons Lovey. Ne me dis pas que tu ne le savais pas. Tu sais que je mange à tous les râteliers. Il rit.

Je secoue la tête en souriant. Bien sûr, il fut un temps où je m'étais interrogée sur ses préférences. J'avais remarqué qu'il observait des mecs qui avaient accroché mon regard. Mais depuis qu'il a commencé à sortir avec ses planches à pain, je m'étais dit qu'il observait ces garçons parce qu'il s'inquiétait pour moi. Je pensais qu'il voulait garder un œil sur ceux qui me plaisaient. Bon, et bien maintenant, je connais la vraie raison. Il les observait parce qu'on aime le même genre d'homme.

– Je m'en doutais un peu, je reconnais.

Je veux lui demander pourquoi il ne m'en a pas parlé plus tôt. Il ne me faisait pas assez confiance ? Je comprends qu'il se cache du reste du monde. Je suppose que s'il montre seulement les filles avec lesquelles il sort, c'est par crainte de la réaction de son grand-père. Il serait probablement rejeté du cercle familial s'il savait.

Le dieu grec nous regarde, se retourne et s'éloigne. Nous l'observons tous les deux. Ten est debout derrière moi et me glisse à l'oreille, Je ne sais pas de quel coté il penche, mais son pantalon a gonflé quand il nous regardait. Je me demande si c'est pour toi ou pour moi.

Je ris. Ah les mecs ! Comment a-t-il pu repérer l'érection de ce garçon alors que je n'ai rien vu ? La réponse à cette question n'est pas compliquée. Je regardais ses yeux alors que le regard de Ten était descendu vers le sud.

Nous dansons. Enfin, Ten danse et moi je remue un peu au rythme de la musique du groupe qui joue sur la scène. Ce n'est pas mon genre de musique, mais ce n'est pas insupportable. Rapidement, le froid de l'hiver est oublié et j'ai chaud. Je pense que la salle est comble et que cela fait monter la température.

– On peut boire quelque chose ici ? Je crie.

J'ai vraiment très chaud.

– Ne bouge pas, garde ma place. Je reviens, me répond Ten en partant nous chercher un verre.

J'attends son retour quand le dieu grec s'approche de moi. Il me dit quelque chose, mais la musique est si forte que je ne comprends rien .

Je secoue la tête et lui fais un signe de la main pour lui montrer que je n'ai rien entendu. Il pose sa main sur mon bras et me tire vers lui. Je lève les yeux vers lui et je suis perdue.

Il me faut toute la force de ma volonté pour ne pas lever une main jusqu'à son visage pour le caresser ou le contour de ses lèvres du bout de mes doigts. Je voudrais toucher cette perfection pour vérifier qu'il est réel. Je crois que mon cœur a cessé de battre et je ne peux rien faire d'autre que plonger dans l'océan de ses yeux.

Il se penche vers moi.

– Tu as perdu ton mec ?

Je comprends que ce qu'il demande vraiment c'est ' Est ce que vous êtes ensembles ? '

Ne nous excitons pas trop. Cette question peut être comprise de deux façons. Soit c'est Ten qui le branche et il me demande où il est passé. Soit, il me demande si je suis disponible parce que c'est moi qui lui plait. Oh ! mon dieu, je crois que c'est moi parce que son visage reste juste à côté du mien une fois la question posée. Il ferme les yeux et il me respire. C'est chaud bouillant quand il fait ça. Je crois que je viens de fondre. Mes os ne sont plus solides et j'ai presque besoin de m'appuyer sur lui pour rester debout. Pourrais-je avoir sur lui l'effet qu'il a sur moi ? Je ne connais même pas ce type et je me sens si attirée par lui que cela me fait peur. Je me reprends et je me rappelle que je suis douée de paroles. En plus, je n'ai pas besoin de crier puisqu'il est resté penché. Son oreille est à portée de ma bouche.

– Mon ami est parti nous chercher à boire.

Il relève la tête et ne tente même pas de dissimuler son sourire.

– Alors c'est juste un ami.

Je n'arrive pas à détacher les yeux de la courbe de ses lèvres. Avant que je ne me couvre de ridicule, je suis sauvée par le retour de Ten. Dieu grec se tourne vers lui me donnant ainsi l'occasion d'observer son magnifique profil. Ce garçon est si parfait que c'en est terrifiant.

– Salut, moi c'est Alexander,

– Moi c'est Ten et je vois que tu t'es présenté à Lyv, dit Ten en souriant.

– Comme Lyv Ullmann ?

Je hoche la tête, impressionnée. La plupart du temps, je dois répéter mon nom et expliquer que, non, ce n'est pas un diminutif. C'est juste Lyv. Ma mère est une fan d'Ingmar Bergman, mais une fois que j'ai dit cela je ne suis pas vraiment avancée parce que ma génération n'a jamais entendu parler du metteur en scène suédois et de son actrice fétiche.

Alexander a un air satisfait. Sa main est toujours sur mon bras et il me tire vers lui. C'est à mon tour de prendre une grande respiration. Il sent la lavande et quelque chose d'autre qui pourrait être juste son odeur à lui. Il jette un regard interrogateur vers Ten comme pour lui demander la permission de faire quelque chose. Ten fronce les sourcils et secoue les épaules. Mon regard va de l'un à l'autre. Leur communication silencieuse me bluffe. Ces deux-là ne se connaissaient pas il y a deux minutes et ils semblent capables de communiquer par la pensée. Je suppose que c'est un truc d'hommes.

Le premier groupe de la soirée arrête de jouer et la pièce s'éclaire un peu plus. Une bande de garçons monte sur la scène pour aider le groupe à remballer son matériel et préparer le plateau pour le groupe suivant. Ten et Alexander commencent à discuter musique. Ils semblent avoir les mêmes goûts de Blue Oyster Cult à ZZ Top.

Je les écoute sans mettre mon grain de sel. Ce n'est vraiment pas mon genre de musique. J'aime les choses plus douces. En ce moment, j'écoute America et mes deux chansons préférées sont *Dancing in the Moonlight* de King Harvest's et *Moondance* de Van Morrison. Je n'y peux rien, je suis lunaire.

La main d'Alexander passe de mon bras à ma taille et le geste est parfaitement naturel. C'est comme si j'étais à ma place blottie contre lui.

Des mecs montent sur la scène, sans doute des membres du prochain groupe au programme. Le bassiste et le guitariste accordent plusieurs instruments, le batteur règle son siège et, à son signal, la lumière baisse à nouveau. Je les regarde s'installer jusqu'à ce qu'Alexander lâche ma taille. Il place un doigt sous mon menton pour tourner mon visage vers le sien. Il frôle mes lèvres avec les siennes et me dit, A tout à l'heure, Love.

J'en ai presque la tête qui tourne. Il s'en va et monte sur scène alors que le groupe commence à jouer.

Ce n'est pas comme si c'était le premier homme que j'embrasse. J'ai connu des baisers plus fougueux avec des mecs au lycée, mais cette légère caresse de ses lèvres c'était autre chose. C'était un avant-goût, la promesse de meilleures choses à venir.

Ou alors c'est tout dans ma tête.

Il prend une guitare et se place devant un micro. Ils jouent l'intro de la chanson et Alexander fait un clin d'œil dans ma direction. Une seconde plus tard, il ouvre la bouche et je suis ébahie.

Sa voix ne ressemble à celle de personne. D'abord, elle est douce, veloutée, délicieusement tendre lorsque le groupe joue une ballade. Les paroles sont tristes et parlent de la peine d'un amour perdu.

Ensuite, ils enchaînent avec un morceau plus rock et sa voix devient éraillée et pleine de colère. Une voix qui pourrait mener une révolution et soulever les foules. Ils passent encore à une chanson d'amour plutôt sexy et je veux être celle dont il parle. Je regarde autour de moi et tout le monde est sous le charme. Sa présence sur scène est magique. Ils jouent cinq morceaux et lorsqu'ils s'arrêtent le public en redemande.

Ils jouent une chanson supplémentaire seulement malgré les rappels. Je suppose qu'ils ne peuvent pas faire plus, car le programme du club est chargé ce soir. L'équipe technique revient sur scène et prépare le plateau pour le groupe suivant pendant qu'Alexander et ses musiciens sortent par-derrière.

– Je crois qu'une étoile est née, me dit Ten. Et cette étoile est tombée sous ton charme ma petite Lovey.

J'ai un sourire jusqu'aux oreilles. Eh oui, il m'a un peu embrassée. C'était chouette, mais j'ai peur d'y croire parce que... parce que j'ai si peu confiance en moi que j'arrive pas à me faire à l'idée que quelqu'un comme lui pourrait vouloir de moi.

On traîne encore un peu en écoutant le groupe suivant et Ten va nous chercher un autre verre. Nous dansons sur la musique du troisième groupe, mais mon cœur n'y est plus. Je suis désolée parce qu'Alexander ne revient pas. J'essaye de le cacher, mais Ten s'en rend bien compte.

– On y va ?

– Oui, en route.

Nous sortons du club et Ten donne un pourboire au videur qui a gardé un œil sur sa précieuse machine. Le type le remercie et lui demande

– Tu peux reconnaître la tienne ?

Ten et moi nous retournons et comprenons sa question. Maintenant qu'il y a moins de motos garées devant la porte, on peut voir qu'il y a deux motos Superglide parfaitement identiques dans la rue.

– Non, sans regarder la plaque d'immatriculation, ce n'est pas possible, reconnaît Ten en souriant.

– La tienne c'est celle de gauche. Celle de droite appartient à Xander. C'est un habitué qui jouait ce soir. Quand j't'ai vu j'ai cru que t'étais son jumeau cosmique, mec. Tu lui ressembles, t'es habillé pareil et t'as la même moto.

Je ne sais pas s'ils sont des jumeaux cosmiques, mais je sais que maintenant ils ont quelque chose en plus en commun. Ils se sont tous les deux glissés sous ma peau.

Chapitre 2

Il est onze heures. Je suis en retard. Je dois bientôt prendre mon poste et je suis encore à dix minutes de marche. C'est samedi, un des jours les plus chargés et la Salope va me tuer.

J'ai envie de jeter mon vélo dans le fossé, de m'asseoir et de pleurer. La chaîne a encore déraillé et je n'arrive pas à la remettre. J'ai les mains couvertes de graisse. Je suis sûre que je m'en suis aussi mis plein sur le visage.

Aujourd'hui, je déteste ma vie. Je déteste mon lycée à la con, je déteste les vacances de Noël, je déteste ma famille de merde et, par-dessus tout, je me déteste moi qui suis minable. Je prends une grande inspiration et je continue d'avancer en tirant ce vélo pourri. Peut être qu'une fois calmée j'arriverai à le réparer.

Je suis dans un tunnel. Je suis enfermée dans ce tunnel depuis toujours et j'ai hâte de voir à quoi va ressembler ma vie. Je veux m'enfuir et commencer à vivre. Je pourrais partir maintenant, mais je sais que c'est dur de réussir sans un minimum d'études. Alors, il faut que j'en finisse avec le lycée. Si je ne passe pas mon bac je pourrais jamais aller à la fac. Je n'ai jamais parlé de ce rêve à ma famille.

Cela ne servirait à rien.

– Ne laisse pas tes notes te monter à la tête, Lyv, me dit toujours la Salope. Tes 20 sur 20 ne sont que la preuve de la médiocrité du système scolaire de notre pays.

J'ai jeté l'éponge depuis longtemps en ce qui la concerne. J'ai aussi cessé d'attendre quoi que ce soit de mon père. C'est une coquille vide. De temps en temps, je plonge mon regard dans le sien à la recherche d'une étincelle. En vain. Il n'y a personne à l'intérieur de ce pantin. Je me demande si à un moment il y a eu quelqu'un. Il ne sait dire que 'oui ma chérie' à sa femme. Je suppose qu'il est content comme ça. S'il ne l'était pas, il ferait quelque chose pour que cela change, non ?

Ce sont plus des gardiens que des parents. Et l'on ne peut pas dire qu'ils m'entretiennent. Cela fait des années que je participe à mon entretien. Je participe plus que ma part aux corvées ménagères à la maison et je fais aussi bien trop d'heures au restaurant.

Je n'ai même pas droit au salaire minimum parce que la Salope pense que je lui appartiens. Elle me l'a tellement dit que j'ai besoin de me répéter tous les jours que je n'appartiens à personne d'autre qu'à moi même et, en tout cas, sûrement pas à elle. J'ai le droit de garder mes pourboires depuis l'été dernier. Je lui ai mis la honte en refusant le pourboire que James Clark avait décidé de me donner un dimanche matin.

– Quel est le problème, petite ? M'avait-il demandé. Mon argent n'est pas assez bien pour toi ?

– Je suis désolée, Monsieur, avais-je répondu. Je ne voulais pas vous vexer. C'est juste que ma mère ne me permet pas d'accepter des pourboires…

Je ne sais pas ce que cet homme a dit à la Salope, mais, depuis, elle a cessé de me confisquer mes pourboires et j'ai pu commencer à mettre de l'argent de côté. C'est ma porte de sortie. Si la Salope veut que j'arrive à l'heure au restaurant, il va falloir qu'elle fasse quelque chose comme m'acheter un nouveau vélo.

Jusqu'à la semaine dernière, je détestais tout dans ma vie. Tout sauf Ten et moi. Maintenant, je me déteste aussi. Je n'arrive pas à me sortir Alexander de la tête. Il est dans mes rêves toutes les nuits. Je me réveille et je suis effondrée, je me rends compte à quel point je suis paumée. Comment est-ce que j'ai pu laisser ce type que je ne connais pas rentrer dans ma tête comme cela ? La Salope a peut-être raison après tout. Je suis bête comme mes pieds. Pendant une seconde, lorsqu'Alexander a frôlé mes lèvres avec les miennes, j'ai cru que je voyais une lumière au bout de mon tunnel. Maintenant, je sais que ce n'était pas la sortie, mais un train fou qui va venir me percuter à pleine vitesse. Je donne un coup de pied dans les cailloux et je jure à haute voix.

Une camionnette ralentit derrière moi sur la route et le conducteur m'interpelle.

– Hey, Lyv, tu veux que je te dépose ? C'est Dave, le père d'une fille dans ma classe et le propriétaire du garage du village.

– Oui. Merci, Dave. Je n'ai pas besoin de forcer mon sourire. Cet homme est mon sauveur aujourd'hui. Une fois de plus.

Il arrête la camionnette et je pose mon vélo à l'arrière. Je monte dans la cabine et prends le chiffon qu'il laisse habituellement du côté passager. Je m'essuie les mains autant que possible.

– C'est encore ta chaîne qui a déraillé.

Ce n'est pas une question. Il sait ce qui se passe. On a déjà joué cette scène. Ce n'est pas la première fois qu'il me récupère sur le bord de la route.

– Je vais y jeter un œil pour voir si je peux faire quelque chose.

Je pense qu'il veut me dire autre chose, mais il se ravise. Il est assez sage pour s'occuper de ses affaires. Notre village est bien trop petit l'hiver pour qu'on mette notre nez dans les affaires les uns des autres. Je pense que certains de nos voisins feraient quelque chose pour moi s'ils voyaient des traces de violence physique, mais comme celles que je subis ne laissent pas de traces visibles à l'œil nu, ils ne disent rien.

– Merci, Dave, c'est vraiment gentil.

– Tu me connais, je suis prêt à tout pour un rab de crêpes, dit il en plaisantant.

– Quand vous voulez. Cet homme est un gourmand et la seule façon dont je peux le remercier c'est en rajoutant des crêpes sur son assiette quand c'est moi qui m'occupe de lui.

Pam en a de la chance d'avoir un père aussi gentil.

Il me regarde et sourit un peu gêné.

Oups, je crois que j'ai dû le dire à haute voix.

Cela m'arrive trop souvent. Les idées qui me traversent l'esprit trouvent le moyen de s'échapper de mes lèvres. Au moins aujourd'hui ce n'est pas ridicule. Un peu gênant, mais rien dont je devrais avoir honte.

J'aurai bien aimé avoir un père comme lui. Un homme affectueux qui croit que sa raison d'être c'est de s'occuper de ses enfants. Je crois que c'est en observant la relation qu'il a avec sa fille que j'ai compris à quel point il y avait quelque chose qui n'allait pas chez mes parents. Il est tellement gentil que je suis jalouse de ses enfants.

– Voilà nous y sommes, me dit-il en arrêtant son véhicule devant le restaurant. Viens me voir en sortant.

– Merci, Dave.

– Assez, Lyv. On dirait un disque rayé. Je descends de la camionnette en riant. Il a raison, je n'ai pas arrêté de le remercier depuis qu'il m'a récupérée sur le bord de la route.

Il repart et, en traversant la rue pour aller travailler, je me concentre sur ce qu'il y a eu de positif aujourd'hui. J'ai déraillé, mais il ne pleuvait pas. D'ailleurs, il fait un temps splendide et comme il ne fait pas froid, je ne me suis pas gelée et puis je n'ai pas dû faire toute la route à pieds... et la moto de Ten est garée devant le restaurant. Je suis contente qu'il soit là, mais je me sens toujours minable.

C'est mon rayon de soleil. Le reste de ma vie craint un max.

Je rentre et lorsque mes yeux s'habituent au changement de luminosité je repère Ten. Il est installé à une table en face de la porte. Ma mère est quelques pas derrière lui en train de prendre la commande d'autres clients à la table d'à côté. Elle me jette un regard mauvais.

Je lève mes mains pour montrer qu'elles sont sales et file directement dans la cuisine. Si elle doit me passer un savon autant que cela se fasse en privé dans la cuisine pendant que je me lave les mains. Comme cela, on gagnera du temps, je ferai d'une pierre deux coups.

Je prends un bol et mélange du liquide lave-vaisselle avec du sucre. C'est ma potion magique pour retirer la graisse de vélo. Martha, la cuisinière me regarde et me fait remarquer: tu en as sur le visage aussi ma douce.

– Où ça ?

– Laisse-moi faire, dit-elle en plongeant un doigt dans le bol avant de gratter le haut de mon oreille et mon front.

Elle est un peu brut de décoffrage, mais je suppose que c'est grâce à cela qu'elle tient le coup ici alors que tout le reste du personnel démissionne à la fin de chaque saison. Martha est tellement gentille avec moi que ses gestes me vont au droit au cœur.

C'est pitoyable d'avoir autant besoin d'attention.

– Voilà, t'es comme neuve. Je crois que tu en as aussi dans les cheveux, mais bon, noir sur noir ça se voit pas. Elle fronce un peu les sourcils et ajoute.

– Bouge-toi un peu. Ta mère, mon chou, elle est d'une humeur massacrante.

– Merci Martha. Pendant que je me sèche les mains, elle va chercher mon tablier. Y a-t-il une autre raison à sa colère que mon retard ?

Martha vérifie qu'il y a un petit carnet et un stylo dans la poche avant du tablier.

– Eh oui ma petite. Le fils Clark refuse de passer sa commande avec qui que ce soit d'autre que toi. Elle fait comme si de rien n'était, mais je peux te dire qu'elle est furax.

Merci Ten de mettre de l'huile sur le feu. Il l'a sûrement fait exprès pour la mettre en colère. Ten est étrange. Il pense qu'il vaut mieux se faire déchirer que d'être ignoré. Je lui ai déjà dit mille fois que j'échangerai volontiers l'indifférence de la Reine de la Banquise contre la colère de la Reine des Salopes, mais il prétend qu'il n'y a rien de pire que d'être ignoré. Il n'a pas idée de ce que je vis. J'aimerais tant qu'elle m'ignore un moment !

Ce qui est ironique c'est qu'en fait, c'est grâce à nos mères que nous nous sommes rencontrés. Enfin grâce au désespoir auquel elles nous avaient menés. Ten et moi nous sommes rencontrés un jour de Noël au bout de la jetée. Je ne suis pas sûre que j'aurais sauté dans l'eau glacée, mais je ne le contredis pas quand il dit que nous nous sommes mutuellement sauvés. Je crois qu'il a raison.

Je lutte contre l'envie de passer ma main dans mes cheveux pour vérifier qu'ils sont bien à plat. S'il y a de la graisse de vélo là-haut je ne veux pas m'en remettre plein les mains. Martha noue mon tablier et je sors de la cuisine juste au moment où la Salope y entre avec sa commande.

– Bonjour, je lui dis en me sauvant.

Je vais jusqu'à la table de Ten.

– Je peux prendre votre commande Monsieur ? Mon ton est formel, mais il y a un grand sourire sur mon visage. Mon sourire se fige et mon cœur bat la chamade. Il n'est pas seul dans l'alcôve.

– Regarde qui j'ai amené, dit Ten.

Alexander est là. Des milliers de questions me traversent l'esprit. Comment se sont-ils retrouvés ? C'était l'idée de qui de le faire venir ici ? Est-ce qu'il est là pour moi ou alors est-ce qu'en fait ils sont ensemble et j'ai rien compris ?

– Tu n'es pas contente de me voir ? demande Alexander. Il semble vraiment inquiet.

– Non, Il lève un sourcil. Enfin si. Merde, ta question est mal posée. C'est oui, je suis contente de te voir. C'est juste que je suis surprise de te trouver ici dans mon petit coin d'enfer.

– Mais sinon comment aurais-je pu te revoir ?

Ten toussote pour attirer mon attention. Ma mère vient vers nous. Je reprends une contenance professionnelle et fais tourner les pages du menu d'Alexander comme si nous étions en train de discuter de sa commande.

– Nous avons un menu spécial brunch...

Alexander n'a pas l'air trop surpris par mon changement soudain de ton. Ten a dû le mettre au courant du fait que la Salope et moi ne nous entendons pas. Ten me coupe.

– Lovey, t'embête pas, on sait ce qu'on veut. On va prendre des œufs brouillés avec un bagel, du saumon et du fromage.

– Je passe votre commande en cuisine et je reviens avec votre café, lui dis-je avant de m'enfuir pendant que Ten commence à bavarder avec ma mère.

– Madame Wild, dit-il. Est-ce qu'il serait possible que je passe prendre Lyv ce soir après son service ?

Je n'arrive pas à saisir ce qu'elle dit, mais j'entends le ton doucereux qu'elle prend quand elle veut plaire. Je passe la commande à Martha, j'accueille de nouveaux clients que j'installe.

Je sers le café à mes garçons. C'est drôle de penser à eux comme à *mes garçons.* Ils le prennent tous les deux noirs. Ni sucre ni lait.

– Alors qu'est-ce que la Salope t'a dit, je demande à Ten.

Alexander fait un drôle de bruit. Je le regarde. Il est choqué. Je hausse les épaules sans relever son étonnement. Je sais que le nom que je donne à ma mère peut être surprenant quand on ne la connaît pas, mais, une fois qu'on a pu l'apprécier, il est presque trop affectueux. Quand j'étais petite, c'était Cruella. J'ai grandi. Sa méchanceté aussi, d'où le changement de nom. Je ne sais toujours pas pourquoi elle est aussi méchante avec moi. Si elle ne voulait pas de moi, pourquoi ne m'a-t-elle pas abandonnée au lieu de me garder et de me torturer tous les jours ?

– Elle a dit qu'on ne te ramène pas trop tard parce que c'est toi qui ouvres demain matin, me dit Ten.

Je fronce les sourcils. Mais non, ce n'est pas moi qui ouvre. J'avais fait un échange avec Wendy. On avait troqué mon dimanche matin pour son jour de l'an. Son mari ne travaille pas ce jour-là et elle voulait passer la journée avec lui pour fêter son troisième mois de sobriété. Que s'est-il passé ? Pour moi cela ne change pas grand-chose. Je suis désolée pour elle.

– Bien. Je finis à cinq heures, mais il faudra que je passe chez Dave pour voir s'il a pu réparer mon vélo.

– On sera là, disent Ten et Alexander en même temps. Ils rient et se tapent dans la main. Je glousse en repartant. De vrais gamins !

Chapitre 3

J e sors du restaurant un peu après cinq heures et Alexander est assis sur sa moto sur le trottoir d'en face. Il tient deux casques. Il met le sien en me voyant arriver.

– Je voudrais bien t'embrasser, Love, dit-il en me regardant et en me tendant mon casque. Mais Ten m'a dit que ce ne serait pas une bonne idée de le faire devant ta mère.

J'aime vraiment qu'il m'appelle Love. Je regarde dans le casque et il y a un coupe-vent. C'est une attention délicate, comme cela je ne vais pas me peler de froid. Je me retourne en l'enfilant et bien évidemment, la Salope est à la porte. Elle m'a harcelée toute la journée pour savoir avec qui Ten était venu et j'ai joué les idiotes. J'ai dit que c'était juste un ami de Ten. Je ne lui en révèle pas plus pour limiter la casse. Moins elle en sait, moins elle peut me faire du mal.

Je grimpe sur la moto derrière Alexander et fixe le casque sur ma tête. Je me tiens droite comme la justice avec les mains sur mes genoux jusqu'à ce qu'on tourne dans la rue suivante. Seulement hors de vue je me relâche et je m'appuie contre Alexander

– Ah, je préfère, dit-il.

Je ferme les yeux et je respire à fond. Il y a l'odeur du cuir de sa veste et une touche de lavande dans l'air frais. C'est l'odeur de la liberté. J'imagine que je m'enfuis avec lui, on roule dans le soleil couchant sur la route et on vit dans l'instant. La musique de *Riders on the storm* des Doors passe dans ma tête pendant quelques secondes, mais le disque déraille quand je pense à mon vélo. Je me tends et Alexander ralentit.

– Qu'est-ce qui se passe, Love ? J'adore mon nouveau surnom.

– J'ai oublié mon vélo.

– Ten s'en occupe, me dit-il. Il accélère à nouveau rendant toute conversation impossible. Je sais sur quelle route nous sommes. Nous allons vers la propriété des Clark. Alexander arrive à la grille et tourne la clef du portail. Les grilles en fer forgé s'ouvrent et nous continuons de rouler sur le chemin de gravillons qui traverse la pelouse. Nous passons la maison principale pour arriver jusqu'au bungalow de Ten sur la plage.

C'est une petite construction sur des sortes d'échasses qui a survécu à bien des tempêtes. James Clark l'a fait rénover pour les 18 ans de Ten. Il pensait que son petit-fils avait besoin de son espace à lui. Je me suis toujours méfiée d'une telle générosité. Parfois, je me demande si James n'en profite pas avec ses propres conquêtes – il parle de ses ' quatre heures ' – quand Ten est en ville. Mais c'est peut-être juste mon imagination débordante.

Je descends de la moto, enlève mon casque et plie le coupe-vent pendant qu'Alexander la fait rouler dans un coin abrité sous la construction. C'est là où Ten se gare d'habitude. Alexander sort une autre clef de sa poche et nous ouvre la porte. C'est alors que je réalise que Ten n'est pas là. On va être seuls, seuls tous les deux.

Je suis ravie et je suis terrifiée. Je la joue cool en montant les marches jusqu'au bungalow. C'est un endroit familier, je m'y sens en sécurité. Au lieu d'allumer la lumière, je tourne le bouton de commande du volet électrique. Les panneaux métalliques s'enroulent bruyamment tandis qu'Alexander referme la porte derrière nous.

Eh oui, nous sommes vraiment rien que tous les deux. C'est ce dont je rêve toutes les nuits depuis une semaine. Dans mon rêve, le cadre est flou. Je me rends compte que je suis un peu cinglée. Je suis là, toute seule avec ce type que je connais à peine et au lieu d'avoir peur je suis... je suis quoi d'ailleurs ? Je ne sais pas, mais en tout cas sûrement pas aussi prudente que je le devrais !

Je regarde par la fenêtre. La vue de l'océan depuis le balcon est splendide. L'exposition sud est magique au levé et au coucher du soleil. Mais je pense à tout sauf à la couleur du ciel à cet instant. Je remarque que le balcon a été préparé pour nous. Je suis certaine que c'est l'œuvre de Ten. Il a accroché le grand hamac dans lequel il dort l'été et en a approché la table. Il y a une lampe tempête et un panier de pique-nique sur la table ainsi que des couvertures.

Ten est parfait pour l'organisation. Quand nous partons en balade, il ne manque jamais rien. Je souris intérieurement en me disant qu'il est si prévoyant que je suis certaine qu'il y a aussi une boite de préservatifs dans le panier, juste au cas où je déciderais que je veux qu'Alexander soit mon premier... Oui, Ten est un véritable boy scout.

Alexander se place derrière mois, les mains sur mes hanches et m'embrasse dans le cou. C'est à peine si j'arrive encore à avoir une pensée cohérente. Je n'ai qu'une envie, c'est de me laisser aller et de m'abandonner. J'aimerais tellement vivre dans l'instant. Mais j'en suis incapable. Mon cerveau se met à tourner en boucle. J'ai été humiliée par la Salope si souvent que je ne peux pas baisser ma garde sans résistance. Alors je me raidis.

– J'ai des questions, mon ton est sans doute trop mordant, mais celui de sa réponse est affectueux.

– D'accord, qu'est-ce que tu veux savoir ?

– Comment m'as-tu retrouvée ?

– Oh, c'était pas difficile, j'ai filé la pièce au videur. Il a une sorte de mémoire étrange. Il dit que c'est comme s'il avait une collection de diapos dans sa tête et il peut faire des zooms sur le détail de chaque image. Comme il avait regardé la moto de Ten il avait aussi mémorisé sa plaque d'immatriculation. Il a fermé les yeux et – c'était vraiment bizarre – il m'a annoncé les chiffres comme s'il les lisait. Après cela j'ai appelé mon frère Andrew. Il est flic. Je lui ai donné le numéro et il m'a filé l'adresse de Ten. J'y suis allé, très classe l'immeuble avec portier et tout, j'ai laissé un message et il m'a rappelé le jour même.

Il me retourne et m'approche de lui. Je pose ma tête sur sa poitrine. Il a baissé la fermeture de son blouson et je peux glisser mes bras dessous pour absorber sa chaleur. Je respire son odeur à nouveau. J'adore ce qu'il sent, c'est grisant, mais pas assez pour oublier toutes mes questions.

– Pourquoi moi ? Celle-là je ne voulais pas vraiment la poser, mais j'ai pas pu m'en empêcher.

Je n'ai rien de très spécial. Malgré ce que dit la Salope, je sais que j'ai un joli visage, mais c'est tout ce que j'ai. Elle a raison lorsqu'elle dit qu'il n'y a pas de quoi se retourner. Je suis petite et plutôt large. Mes yeux marrons n'ont rien de fascinant et mes cheveux sont bof. Je ne boxe pas dans la même catégorie qu'Alexander.

– Tu ne réalises pas à quel point tu es séduisante, dit-il. Quand je t'ai vue, j'ai tout de suite eu un flash pour toi. J'avais prévu de revenir vers toi après mon passage et de te séduire, mais je me suis retrouvé coincé en coulisse. Quand j'ai enfin réussi à me sauver, tu étais partie. Il s'arrête un moment comme s'il cherchait ses mots. C'est quelques jours plus tard que j'ai réalisé que je voulais plus. Plus que ce que je voulais faire au début. Je n'arrivais pas à arrêter de penser à toi.

– Parce que j'étais celle qui s'était échappée ?

– Cela a sûrement joué, dit-il en souriant et en posant un baiser sur mon front. Mais c'est surtout qu'il y a quelque chose d'irrésistible chez toi. Et puis tu avais l'air de me trouver à ton goût avant de m'avoir entendu chanter alors que tu ne savais même pas qui j'étais.

– Pourquoi, y a quelque chose qui m'a échappé ? T'es célèbre ? Je lui demande en le dévisageant.

– En quelque sorte. Je suis célèbre pour les initiés, je suppose. Il rit. Dans le milieu de la musique, je suis le dernier chanteur en vogue. Il y a des articles à mon propos dans la presse et deux compagnies de disques me proposent un contrat. Son expression est fière, mais je vois de l'inquiétude dans ses yeux.

Je reconnais ce regard. C'est celui de quelqu'un qui vient de réussir quelque chose, mais qui a peur de se réjouir de peur que sa réaction fasse tout disparaître. Je la vois régulièrement dans les yeux de Ten lorsqu'il fait un truc génial et qu'il espère que sa mère va le féliciter. Je ne peux pas plus m'empêcher de réconforter Alexander que je ne peux résister à l'envie de consoler Ten. À chaque fois il est déchiré parce que sa mère n'a même pas l'air de savoir qu'il existe.

– Tu ne devrais pas avoir l'impression que tu marches sur des œufs. Il se raidit comme si je m'étais aventurée trop loin. Je continue tout de même. Tu ne devrais pas avoir de doute à propos de ta carrière. Tu vas devenir une star. Tu as cette voix splendide et ta présence sur scène est... sexy, incroyable, fabuleuse.

– Eh oui, je suis l'idole des jeunes, dit-il d'un ton léger.

– Ne te moque pas des jeunes. Ils s'achètent des disques, ils vont au concert. C'est eux qui vont te mettre le pain sur la table.

– Puisqu'on en est au pain sur la table, tu ne veux pas manger ? Moi j'ai une faim de loup. J'ai hâte de voir ce que

Ten nous a mis dans ce panier.

Il ouvre la porte-fenêtre et me tire derrière lui sur le balcon. Il me soulève comme si j'étais une plume et me repose dans le hamac.

– J'arrive pas à croire que t'aies fait cela ! Je ne suis pas légère et il m'a donné l'impression d'être une petite chose fragile. J'adore.

Je bâillonne la femme libérée que je veux devenir un jour et lui promets qu'on en reparlera plus tard. Maintenant ce n'est pas l'heure de parler MLF.

Alexander allume la lampe, attrape les couvertures et saute dans le hamac près de moi.

– Tu es magnifique comme tu es, les rondeurs c'est sexy.

J'installe les couvertures sur nous et me colle contre lui, la tête sur son épaule. C'est tellement étrange. C'est la première fois que je suis couchée dans un lit avec un garçon, enfin, presque dans un lit, et je ne me sens pas mal à l'aise. Il est tellement beau, j'ai du mal à croire que c'est moi qu'il veut. Mais je sais que c'est vrai parce qu'il m'a cherchée et retrouvée. J'ai besoin de me pincer ou mieux encore, de le toucher pour vérifier que je ne rêve pas.

J'ai hâte qu'il m'embrasse. Un vrai baiser, pas juste une petite caresse du bout des lèvres comme l'autre soir. Je soupire. Oui. Je veux un vrai baiser, comme au cinéma, un baiser à couper le souffle.

– Ah bon, c'est ce que tu veux ? Il est tout sourire.

Et rebelote. J'ai encore parlé à haute voix. Mais ses yeux

sur mes lèvres me font oublier à quel point ce défaut est pénible. Il a plutôt l'air amusé par mon côté direct.

– Je crois que ça doit pouvoir se faire.

Il m'attire vers lui et glisse un peu vers le bas pour que nous soyons face à face. Ses yeux se posent sur ma bouche. Son visage se rapproche du mien, doucement. Il s'arrête là un instant et plonge son regard dans le mien. Je retiens mon souffle, mais je ne ferme pas les yeux. Lui non plus. Il se rapproche et fusionne avec moi.

Nos lèvres se touchent et il n'y a plus rien de solide dans mon corps. J'ai fondu pour me mouler parfaitement contre lui. Il est cette autre part de moi-même dont j'ignorais l'existence jusqu'alors. Je respire encore, mais je ne suis pas certaine que ce soit nécessaire. Pour exister, il me suffit d'être avec lui. Après un moment que je ne peux mesurer, il se recule et pose un bisou sur le bout de mon nez. Je soupire et je frissonne.

– Tu as froid, Love ? Son ton est si tendre qu'il me met les larmes aux yeux. Mon dieu, j'ai tellement besoin de lui et de son affection que c'est presque trop pour moi. Je secoue la tête et me blottis contre lui en m'accrochant à ses épaules. Il me serre fort et me murmure à l'oreille que je suis en sécurité avec lui. Il ne va nulle part. Il a un bras autour de moi et sa main libre caresse mes cheveux.

– Comment s'est passée ta journée après notre départ, me demande-t-il ?

– Pas mal, c'est plutôt calme à cette époque de l'année, je lui explique. On a du monde à partir du printemps.

– Dis-moi, qu'est-ce que tu fais pour te distraire ? Qu'est-ce que tu aimes ? Je veux tout connaître de toi.

Je ne sais pas trop quoi lui dire. En fait, je vais au bahut, je fais mes devoirs et je bosse au restaurant. Je n'ai pas de vie sociale parce que la plupart des filles de l'école ont fini par jeter l'éponge. C'est pas qu'elles ne m'aiment pas, en réalité je crois qu'elles m'aiment bien, sans doute parce que je sais écouter. Si elles ont jeté l'éponge, c'est parce que le seul moment où je peux traîner avec elles c'est à l'heure du déjeuner ou alors à la bibliothèque lorsqu'on a un travail de groupe à faire. La seule chose d'amusant que j'ai fait ces dernières années, c'était de m'isoler avec un garçon dans une partie peu fréquentée de la bibliothèque du Lycée et je ne vais sûrement pas le dire à Alexander !

– Je ne fais pas grand-chose de sympa si ce n'est lorsque je me balade avec Ten, je lui dis. Entre l'école et le boulot, je n'ai pas des masses de temps.

Il m'embrasse à nouveau et me dit, D'habitude je ne fais pas dans la tendresse.

Je lève la tête pour le regarder.

– Qu'est-ce que tu veux dire ?

– Je suis plutôt du genre, je te saute et je te plaque le lendemain, dit-il en haussant les épaules.

– Vraiment ? Il y a une telle discordance entre ses paroles et son attitude que je ne sais plus quoi penser.

– Mais ce n'est pas ce que j'ai envie de faire avec toi, Love. Il ferme les yeux comme s'il allait dire quelque chose de douloureux. Je ne sais pas pourquoi, mais je voudrais que tu aies besoin de moi. Cela n'a aucun sens, mais c'est comme cela.

Ce qu'il dit est si parfait que les larmes me montent au visage. Je cligne des yeux et il essuie mes larmes avec son pouce.

– C'est des larmes de joie, je lui dis. À cet instant, juste avec toi, je ressens quelque chose que je n'ai jamais ressenti avant. Je me sens chez moi.

Chapitre 4

Dans mon rêve mon lit tangue, doucement, mais il tangue. En réalité quelqu'un me touche l'épaule. J'ouvre les yeux et je ne suis pas dans mon lit. Je suis sur un hamac et dans les bras d'Alexander. Ten est debout près de nous sur le balcon de son bungalow. Il pointe sa montre du doigt et lève trois doigts.

Merde, il est trois heures du mat. Il faut que je fasse l'ouverture à huit heures, ça veut dire qu'il faut que je me lève à sept heures. Avant cela il faut que je rentre, que je prenne une douche, que je me change et ensuite que j'aille jusqu'au restaurant.

Si j'arrive à ouvrir à l'heure j'éviterai peut-être que la Salope me pose des questions sur ce que j'ai fait ou à propos de l'heure à laquelle je suis rentrée. De toute façon après vingt-deux heures ou vingt-trois heures au plus tard, elle a trop bu pour se souvenir de quoi que ce soit.

Merde, comment est-ce que je vais aller jusqu'au restaurant ? Je n'ai plus de vélo.

Avant de passer en mode panique, je fais signe de la main à Ten pour qu'il vienne de mon côté m'aider à sortir du hamac sans le retourner complètement. Quand on était gamin on avait inventé un langage gestuel qu'il nous arrive encore d'utiliser pour rire. Aujourd'hui, il est bien utile.

Il se met de mon côté et me soutient jusqu'à ce que je pose les pieds par terre. Le bois est froid sous mes orteils. Il faut que je retrouve mes chaussures que j'ai balancées un peu plus tôt. Avant de me pencher, j'ajuste les couvertures sur Alexander. C'est incroyable, il est encore plus beau quand il dort. Son sourire est presque angélique. On dirait que tous ses soucis disparaissent quand il se repose. J'aimerai bien avoir un air aussi serein quand je dors, mais je suis certaine que ce n'est pas le cas parce qu'un jour sur deux je me réveille avec des crampes dans la mâchoire. Alexander se retourne et ouvre les yeux. Il me regarde et puis il voit Ten.

– Je la ramène chez elle, dit Ten. Il vaut mieux que ce soit moi que toi au cas où sa mère serait encore réveillée. Je reviens rapido.

– Au revoir Love, dit Alexander à moitié endormi. À bientôt.

Je lui envoie un baiser, je glisse mes pieds dans mes chaussures et suis Ten hors du bungalow. Il récupère le coupe-vent et le casque et nous descendons les marches. Je me tourne vers la moto près de la barrière et je me souviens que ce n'est pas celle de Ten, mais celle d'Alexander. Je suis Ten jusqu'à la sienne. Il l'a laissée dans l'allée de graviers qui conduit à la route. Une fois que nous sommes assez loin pour qu'Alexander ne puisse plus nous entendre, j'attrape Ten et je l'embrasse.

– Merci, c'est le plus beau cadeau de Noël que j'ai jamais eu !

Il sourit jusqu'aux oreilles et a l'air pas peu fier. Il peut l'être. Il a fait de moi la fille la plus heureuse de la terre ce soir.

– Et tu en as un autre qui t'attend à la maison, Lovey, dit-il.

– Ah oui ?

– Oui, je t'ai trouvé un vélo.

– Ça veut dire quoi, tu m'as *trouvé* un vélo.

Bien sûr, j'ai besoin d'un moyen de transport, mais j'ai aussi besoin de conserver un peu de fierté.

– Ben tu vois, ma mère, elle a eu ce monstre à dix vitesses pour Noël alors toi tu récupères son vieux vélo qui n'aurait fait que rouiller dans le garage.

Il me regarde avec un sourire satisfait en penchant la tête pendant qu'il remonte la fermeture éclair de mon coupe-vent. Il savait que je ne l'aurais pas laissé m'acheter une bicyclette pour Noël alors il en a acheté une pour la Reine de la Banquise.

C'est parfait. La Salope sera contente puisque j'aurai un moyen de transport pour aller à l'école et au restaurant et comme il n'est pas neuf, je pourrais toujours dire que c'est moi qui l'ai acheté.

– Tu sais que je t'aime, n'est-ce pas ? Je lui demande.

– Oui je sais, mais je pense que tu as dit cela à tous les garçons que tu as vus ce soir, me répond-il en plaisantant.

– Non, juste à toi. Je proteste. Il a peut-être un peu fendu la carapace de mon cœur, mais je ne veux pas encore qu'il le sache.

– Pauvre homme, tu ne vois pas à quel point il est dingue de toi ? fait-il en montant en selle.

– Tu crois vraiment ?

Je grimpe derrière lui et nous commençons à rouler quand Ten me répond.

– On verra bien, mais si j'étais joueur, je parierai sur lui.

J'espère qu'il a raison et qu'Alexander va faire partie de ma vie un long moment. Ten me raccompagne et, comme il l'avait dit il y a ce super vélo à la porte du garage à l'endroit où j'accroche le mien d'habitude.

– À quelle heure tu finis ton service ?

– Juste après déjeuner.

– Bien, nous serons là.

Je le regarde s'en aller en rêvant. Ma vie n'est pas si moche que cela après tout. Je prends une petite douche, dors quelques heures et vais bosser.

On a foule aujourd'hui. Bien des gens ont pris un week-end de quatre jours et le passent au bord de la mer avec leur famille. Tout le clan Clark accompagné d'Alexander arrive à onze heures pour le brunch.

James Junior arrive en premier, à pied. Le père de Ten aime marcher. Quand Ten était ado, il marchait jusqu'ici avec lui. Je pensais qu'il aimait le temps qu'ils passaient ainsi ensemble, mais je suppose que j'ai dû me tromper parce que Ten y a mis fin le jour où il a eu sa première moto.

Il est suivi de James Senior et de sa fille, Carla, de son fils, qui s'appelle aussi James. Et comme trois James à la même table cela fait tout de même beaucoup, James Clark Evans, le fils de Carla, est appelé Jimmy. Il est avec son pote Steven. Ces deux-là sont inséparables. Ils font tout ensemble. Ten a même sous-entendu qu'ils partagent même leurs conquêtes et cela m'a donné à réfléchir. Je me demande comment ça marche. J'ai des tas de questions sur ce point qui me viennent à l'esprit à chaque fois que je les vois et je suis certaine qu'elles me font rougir. Ils doivent penser que j'ai un faible pour l'un d'entre eux... ou alors pour les deux.

Enfin, c'est au tour d'Alexandra Clark d'arriver. C'est la mère de Ten, celle que j'appelle la Reine de la Banquise, elle arrive avec son dernier gourou. C'est son professeur de yoga qui a remplacé le moniteur de Tai Chi qui avait lui-même remplacé le je-sais-pas-trop-quoi de méditation. Au moins, ses dernières obsessions la conservent en bonne forme. L'année dernière, c'était moins physique. Elle recherchait le sens de la vie dans les astres et la numérologie. À l'évidence ni son mari ni son fils, ni même la fortune familiale, ne donnent de sens à sa vie.

Les deux femmes prennent du thé nature, ni sucre, ni lait et un demi-pamplemousse. Il y a un concours entre elles. C'est à celle qui mangera le moins. Pour elles, un excès c'est une bouchée de toast. J'espère pour elles qu'elles aiment être minces autant que moi j'aime manger.

Les hommes par contre sont des clients sérieux. Ils attaquent les pancakes, les muffins, les œufs et les pommes de terre sautées. Une fois qu'ils ont fini, James Senior va jusque dans la cuisine pour remercier Martha. Il flirte avec elle et c'est mignon. Martha rougit comme une jeune fille lorsqu'il va la voir. J'aime bien le vieil homme. Bien qu'il ait créé un empire, James Senior est toujours un charpentier dans sa tête. C'est un homme simple avec des valeurs saines.

Son fils, James Junior, est un vrai snob. C'est sans doute pour cela qu'il a choisi la femme qu'il a. Pendant des années il a critiqué mon amitié avec Ten. Il n'a pas cessé d'expliquer à son fils que s'il veut avancer dans la vie, il ne faut pas qu'il traîne avec le petit personnel. Mais Ten me dit qu'il s'est calmé. Maintenant que son fils sort avec des jeunes filles de bonne famille qui sont à la fac avec lui, c'est moins grave qu'il s'encanaille avec moi lorsqu'il est dans leur résidence secondaire.

Le fait que Ten ait acquis une indépendance financière depuis la mort de sa grand-mère y est sans doute aussi pour quelque chose. Ten a hérité d'un appartement avec quatre chambres à Manhattan de sa Mamie adorée et le loyer qu'il touche de ses co-locs paie les charges et ses dépenses perso. Je suis certaine que s'il avait le choix il renoncerait à sa liberté pour un peu plus de temps avec elle. Sa grand-mère lui donnait un peu de l'attention dont il avait tant besoin lorsqu'il passait les étés avec elle. C'était une vieille dame charmante. Je l'aimais beaucoup et je crois qu'elle m'aimait bien aussi.

Lentement le restaurant se vide et il ne reste plus que Ten et Alexander à une table, et à une autre, notre écrivain attitré face à une tasse de café, cherchant sa muse. J'ai nettoyé les tables, vérifié avec Martha qu'elle n'avait plus besoin de rien. Wendy vient d'arriver, je suis presque prête à lui passer le relais.

Avant de partir, je remplis à nouveau la tasse de notre auteur.

– Alors Pulitzer, vous avez l'air d'avoir de l'inspiration aujourd'hui, je lui dis en versant le café. Il lève les yeux de son cahier et me fait un grand sourire. Vous voulez quelque chose d'autre avant que je vous laisse ?

– Non, tout va bien ma petite, tu peux y aller. On dirait que tu vas avoir une journée intéressante. Je fronce les sourcils pour lui signifier que je ne sais pas de quoi il parle.

– Oui, je sais bien que je devrais me mêler de mes affaires, mais j'ai bien remarqué que le dragon est en vadrouille et que tu as deux chevaliers servants en armure qui t'attendent. La vie te sourit princesse.

Je glousse un peu en regardant mes deux chevaliers.

– C'est toujours la même histoire depuis la nuit des temps, dit-il en soupirant. Ils ont abandonné le bel étalon blanc pour une moto, mais sinon il n'y a rien de nouveau sous le soleil.

– J'aime la façon romantique que vous avez de voir la vie, je lui dis. J'ai hâte de lire votre roman et de voir ce que cet établissement a pu vous inspirer.

– Un jour tu me liras. Un de ces jours.

Il replonge dans son travail et je traverse la cuisine pour me rentre dans la petite pièce qui sert de lieu de remise et de vestiaire pour voir où en est Wendy qui va prendre la relève. Elle vient juste d'arriver et semble dans tous ses états.

– Qu'est-ce qui t'arrive ? je lui demande. Mais il me suffit de la regarder pour savoir ce qui se passe. Elle s'est encore disputée avec son mari et ce n'est pas d'hier si elle a renoncé aux plans qu'elle avait pour le jour de l'an. Cela doit être grave puisqu'elle préfère commencer l'année en travaillant ici plutôt qu'avec lui.

– Il a recommencé à boire, dit-elle en haussant les épaules. Je me suis dit que, comme je n'allais rien faire de mon jour du Nouvel An, il valait mieux que je te le rende. Peut-être que tu pourras faire quelque chose de chouette avec Ten. Enfin si la Salope te laisse sortir.

– Je suis désolée, ma douce.

C'est une petite chose fragile, elle doit être aussi grande que moi, un mètre soixante-deux ou soixante-trois mais elle est si mince qu'à la regarder on se demande si une forte bourrasque ne pourrait pas l'emporter. On se soutient mutuellement au boulot, mais quand elle est chez elle, je ne peux pas faire grand-chose. Je commence à la prendre dans mes bras pour l'embrasser et je remarque qu'elle grimace.

– Il t'a encore frappée ?

– Non, non. Je me suis sauvée, mais j'ai glissé, elle me répond avec un air un peu honteux.

Je ne la crois pas une seule seconde, mais je ne relève pas son mensonge, car ce n'est ni le lieu ni l'heure de lui faire la leçon sur le fait qu'il faut qu'elle se défende. Je me dis que c'est sa vie, que c'est son choix et je ne dois pas m'en mêler. J'ai déjà assez à faire avec ma propre vie pour ne pas mettre mon nez dans celle des autres. Comment est-ce que je pourrais comprendre ce que l'on ressent lorsqu'on est amoureuse d'un alcoolique ? Sans doute plus que je ne veux bien l'admettre. Il a bien dû y avoir un moment, il y a bien longtemps, où j'ai aimé ma mère.

Je m'enfuis comme une lâche et vais rejoindre Ten et Alexander. Quand je rentre dans la salle du restaurant et que je les regarde discuter de façon animée, je suis heureuse qu'ils s'entendent. J'adore quand les gens que j'aime s'aiment aussi.

Je sens un regard sur moi et je remarque que Pulitzer m'observe avec attention. La prochaine fois il faudra que je lui demande quel est son nom de plume et de quoi parle son bouquin.

Les garçons se lèvent à mon retour. Ils se ressemblent tellement que cela en est déstabilisant. Ils ont tous les deux une sorte de grâce lorsqu'ils bougent leurs corps tout en longueur. Ils ont quelque chose de félin.

– Tu es prête ? me demande Ten.

– Allez, en piste, je réponds. Nous sortons tous les trois et alors que j'ajuste mon casque, je me rends compte que j'ai deux montures possibles.

Comme s'il pouvait lire dans mes pensées, Ten choisit pour moi.

– Monte avec lui, Lovey.

Je me mets en selle derrière Alexander et nous partons.

Alexander, Ten et moi sommes allongés sur le dos sur une grande couverture posée sur le sable face au bungalow. C'est là où Ten et moi on traîne d'habitude.
Techniquement ce n'est pas une plage privée, mais il faut venir de si loin à pied pour y arriver depuis la route que nous avons rarement de la compagnie en hiver. Le soleil est de sortie. Les nuages rares. Je suis allongée entre eux en train d'écouter Alexander nous parler des deux propositions qu'il a eues de maisons de disques. La plus intéressante est accompagnée d'une tournée d'un an, il ferait la première partie d'un groupe bien connu du label.

– C'est pour cela que j'étais très excité quand j'ai reçu cette offre, dit Alexander,

– Et tu ne l'es plus ? Qu'est-ce qui t'a fait changer d'avis ? lui demande Ten.

– Oh, non, je n'ai pas changé d'avis. C'est l'offre que je vais accepter. J'ai travaillé bien trop dur pour en arriver là pour ne pas dire oui, c'est juste qu'il y a cette nana que je viens juste de rencontrer et... il ne finit pas sa phrase, mais se tourne vers moi et me regarde en continuant. Maintenant que je l'ai trouvée, je me rends compte que je ne vais pas aimer être loin d'elle aussi longtemps. En plus elle aura beaucoup trop de temps libre.

Je ne sais pas trop comment le prendre. Ce que nous avons est si récent. Croit-il que je suis tellement instable que je ne pourrais pas attendre la fin de sa tournée ? Ce serait plutôt à moi de me faire du souci. Un an c'est long.

– Oui, c'est long, il répète me faisant réaliser que je l'ai dit à haute voix.

– Cela peut ressembler à une éternité, j'ajoute.

Toujours pratique, Ten pose la bonne question.

– Tu as eu une copie du programme de la tournée ? Je suis certain qu'ils ne peuvent pas imposer aux groupes et aux équipes de travailler tous les soirs pendant un an. Il doit bien y avoir des périodes pendant lesquelles tout le monde rentre à la maison.

– Tu as sans doute raison, dit Alexander. Je n'y avais pas réfléchi.

– Prends ce que tu veux, je lui dis.

Ce que j'ai vraiment envie de faire est de crier, *t'en vas pas.* Mais je prends sur moi et j'en rajoute.

– Je vais nulle part. Si quelqu'un doit s'inquiéter à propos de cette tournée d'un an, c'est plutôt moi.

– Pourquoi ? demande-t-il. Son ton montre qu'il est vraiment surpris.

– C'est toi qui vas être soumis à la tentation, je réponds. Tu vas avoir un succès fou et tu auras des groupies qui vont se jeter sur toi... dans le lot il y en aura forcément certaines qui seront pas mal et qui seront assez persuasives pour que tu aies du mal à résister à la tentation.

Ten rit et me coupe la parole.

– Ecoute, Lovey. Au risque de passer pour le sale arrogant que je suis, je vais te dire qu'Alexander est sans doute comme moi. Tournée ou pas, il peut se taper une nana différente tous les soirs s'il le souhaite. C'est vraiment pas un problème.

– Tu as sans doute raison, je le reconnais et je me tourne vers Alexander pour le regarder dans les yeux.

– Il va falloir que nous trouvions un moyen de nous faire confiance. Est ce qu'il y a quelque chose que je pourrais faire maintenant qui pourrait te convaincre du fait que je suis sérieux ?

Je regarde le ciel à nouveau et réfléchis un instant avant de lui répondre.

– Non, franchement, je ne vois pas, mais je vais y penser.

– Tel que je la connais il va falloir que tu t'accroches une dizaine d'années pour qu'elle arrête de douter que tu t'intéresses vraiment à elle, dit Ten en plaisantant. C'est presque le temps qu'il m'a fallu.

Je lui assène un faible coup de poing dans l'épaule en feignant la colère. Ten interpelle Alexander.

– Hé mec, surveille ta nana, elle est dangereuse.

C'est mignon que Ten parle de moi comme de la nana d'Alexander et c'est cool qu'Alexander ne proteste pas. Il me fait rouler pour que je sois face à lui et m'embrasse. Je mets mes bras autour de lui et le serre fort. Lorsque nous reprenons notre souffle, je lui dis, Alors tu vas partir en tournée pendant un an.

– Oui, sans doute. Allez rentrons pour que je puisse me réchauffer un peu avant de prendre la route, dit Alexander.

– Tu rentres maintenant ? je lui demande sans cacher ma déception.

– Oui, il faut bien que je travaille de temps en temps. Le bar de mon oncle est le meilleur job que j'ai pu trouver. Il me laisse choisir mes horaires et les pourboires sont pas mal. Mais il faut tout de même que j'y aille. Ne t'inquiète pas, Love, je reviens le week-end prochain pour commencer la nouvelle année avec toi.

– Cool.

Après le départ d'Alexander, Ten et moi traînons ensemble encore un peu.

– La semaine prochaine, nous aurons la maison pour nous seuls, me dit Ten. Mes parents ont une grande réunion mondaine en ville et mon grand-père s'envole pour Acapulco avec Carla et Jimmy.

– Tu ne devais pas y aller avec eux cette année ?

– Si, mais j'ai changé d'avis. J'ai trouvé quelque chose de mieux à faire.

– Ah bon, quoi ?

– Être heureux, il me dit avec un sourire rêveur.

– Tu as aussi rencontré quelqu'un ?

– Oui.

– Je suis contente pour toi. Dis-moi tout ! Je souris à Ten. Mon ami est heureux et aujourd'hui, je suis officiellement devenue la fille la plus veinarde de la terre.

– Non c'est mon rencard secret. Tu n'as qu'à laisser vagabonder ton imagination, mais, quoi que tu puisses trouver, tu seras loin de la réalité.

– Oh non, dis-m'en juste un peu plus. Une brève description. Allez, deux mots sur lesquels lâcher mon imagination.

– Bon, si tu insistes, dit Ten. Il réfléchit et me donne deux mots. C'est un mannequin et il est italien.

– Super choix de mots. Un mannequin italien, ça fait rêver !

Chapitre 5

Cette semaine a été la plus longue de ma vie. Depuis que j'ai embrassé Alexander pour lui dire au revoir dimanche soir, je compte les jours, les heures et maintenant les minutes qui me séparent de son retour. On dirait que la pendule se ralentit un peu plus chaque jour.

J'ai bossé au restaurant et fais tout ce que j'avais à faire pour la rentrée. Quand j'ai eu tout fini, même mes corvées ménagères à la maison, j'ai trouvé du temps pour rêver à mon avenir. Je veux faire des études scientifiques. Je rêve d'une école d'infirmière et, les bons jours, je rêve même de faire médecine, mais mon rêve est comme une bulle de savon, il ne résiste pas au temps, il explose. Je ne vois pas comment je pourrais faire d'aussi longues études. Même des études courtes cela ne va pas être facile à financer.

Je finis mon service tôt et je me pose au coin de la rue, sur le trottoir d'en face en attendant l'arrivée d'Alexander ou de Ten. Il n'y a pas grand monde sur les routes et chaque bruit de moteur me fait tourner la tête.

La Salope est debout près de la porte à me jeter un regard mauvais. C'est dommage qu'il y ait pas plus de travail et de clients pour l'occuper, mais d'un autre côté, cela pourrait se retourner contre moi. S'il y avait eu du monde, elle aurait pu utiliser cela comme une excuse pour m'empêcher de partir. Elle a remarqué que quelque chose en moi avait changé.

Pulitzer lui a demandé si je sortais le soir du Nouvel An et la Salope lui a répondu assez fort pour que je l'entende.

– Eh oui, pour la première fois elle est invitée quelque part. Vous savez, c'est dur pour les grosses comme elle. Elle n'est pas très populaire alors vous pensez, bien sûr, je lui ai dit qu'elle pouvait y aller.

Elle est prête à tout pour se donner le beau rôle. Je n'ai pas réagi comme elle l'espérait. J'ai eu un sourire au moment où elle utilisait sa langue de vipère. Cela l'a surprise ce qui m'a plutôt réjoui.

En réalité, quand j'ai eu ce petit sourire je n'écoutais pas vraiment ce qu'elle disait. Je repensais à une conversation téléphonique que j'avais eue avec Alexander un soir chez Ten. Alexander avait appelé juste au moment où Ten avait fini de me donner une leçon de conduite. Cela fait longtemps qu'il m'a appris à conduire sa moto, mais il voudrait que mes transitions soient plus douces. Je racontais à Alexander à quel point c'était étrange d'être sur l'avant de la selle avec Ten derrière moi, car cela faisait longtemps que cela ne m'était pas arrivé. Alexander avait dit qu'il n'aurait jamais pu le faire. Il a dit qu'être aussi proche de moi dans cette position aurait été trop dérangeant pour qu'il fasse attention à la conduite.

– Mais tu peux te concentrer quand je suis derrière toi, je lui avais dit. Qu'est-ce que ça change que je sois devant ?

– Ah la jeune vierge innocente, m'avait-il répondu.

Je suppose que je suis vraiment innocente parce qu'avant Alexander je n'avais jamais laissé quelqu'un me tenir d'aussi près que lui. Je n'en avais pas eu l'envie.

Je sors de ma rêverie lorsqu'une moto apparaît enfin au coin de la rue. C'est Ten. Il fait un bonjour du bras à la Salope avec un grand sourire sur le visage. Je sais bien qu'il a raison, il faut qu'il continue à la prendre dans le sens du poil pour qu'elle ne m'emprisonne pas physiquement dans la chambre pendant le reste des vacances. N'empêche que, quand il prend l'air aimable avec elle, j'ai envie de l'étrangler. Je détourne mon regard de la porte du restaurant et décide que je ne vais pas lui laisser me gâcher le plaisir. Je saute derrière Ten, mais, au lieu d'aller vers chez lui, il fait demi-tour.

Je me penche pour lui demander où nous allons.

– Chez toi, prendre ton maillot. J'ai mis le bain bouillonnant en chauffe.

– Oh ! C'est tout ce que j'arrive à dire. Il faut que je me fasse à l'idée que je vais voir Alexander presque nu. Je trouve cela super jusqu'à ce que je réalise qu'il va aussi voir des parties de mon anatomie bien trop rondes pour être acceptables.

L'image de Twiggy dans *The Boy Friend* me vient à l'esprit et je la chasse de là avec un minuscule balai. Je respire à fond et je me dis qu'Alexander a bien dû remarquer que je n'étais pas un poids plume. Ça n'a pas pu lui échapper quand il m'a soulevée pour me mettre dans le hamac. Mais c'est une chose de le sentir ou même de le deviner sous les vêtements amples que je porte et une autre de me voir tout entière. Et s'il changeait d'avis à mon propos ? Qu'est-ce que je vais faire s'il détale ? Qu'est-ce que je vais faire... en arrivant devant chez moi je tente d'étouffer toutes les remarques cruelles que la Salope a pu faire à propos de mon poids. J'arrive à les chasser sauf sa favorite. À qui lui demande pourquoi il n'y a pas de Jell'O au menu elle répond ' Je me refuse à laisser ma fille servir quelque chose qui tremblote autant qu'elle. '

Je file dans ma chambre pour chercher mon maillot et elle est de retour dans ma tête.

– Non, mais t'as vu ta taille ? On dirait un semi-remorque... J'arrive pas à croire qu'ils font des maillots de bain à ta taille. J'aurais jamais cru qu'il y avait un marché pour cela. Les gens aussi gros que toi devraient avoir le bon sens de se cacher.

Ma chambre est en bordel. Je suis partie une heure avant ma mère. Cela lui a laissé assez de temps pour faire une fouille en règle. Mais que pouvait-elle bien chercher ? Je sais que je n'ai aucun droit à une quelconque vie privée. Pour elle, j'ai le droit à rien. Je sais bien que je n'ai pas intérêt à mettre quoi que ce soit par écrit si je ne veux pas qu'elle le lise. Je ne peux pas garder le moindre souvenir.

Mais cela me met hors de moi quand elle fait cela parce qu'il me faut une heure pour tout remettre en place.

Les vêtements, c'est pas le problème. Ce que j'ai à me mettre doit me prendre à peu près trois minutes à ranger dans mon tiroir. Ce sont les affaires de classes qui me dérangent vraiment. Elle ouvre les classeurs et jette tout par terre. Je la déteste ! Bien sûr, je laisse tout ce que je peux dans mon vestiaire à l'école et puis j'ai aussi pris l'habitude de numéroter mes feuilles pour pouvoir remettre tout dans l'ordre rapidement, mais ça m'énerve quand même. Je suppose que tant que cela m'énervera elle continuera à le faire.

Je respire à fond, j'attrape mon maillot et ressors en laissant ma chambre en l'état. Tout cela peut attendre. Je cours vers Ten et mes heures de liberté. Alexander va rester chez Ten jusqu'au 1er janvier. Nous allons réveillonner tous les trois.

J'ai bien le droit de faire un peu la fête puisque la Salope m'a fait zapper Noël cette année. Mais bon, rester toute seule ce soir-là c'était sans doute mieux que de passer la soirée avec elle à la regarder boire et à l'écouter distiller ses commentaires acerbes à mon sujet.

J'appuie la tête sur le dos de Ten et je m'émerveille du fait que je ne ressens pas du tout la même chose à le prendre dans mes bras que quand je suis derrière Alexander. La seule différence c'est ce que j'ai dans la tête et mes sentiments pour eux. Je les aime tous les deux, mais il n'y en a qu'un des deux dont je suis sans doute amoureuse. Je suis curieuse de rencontrer l'invité de Ten, le nécessairement très bel italien qui rend mon ami si heureux.

Nous arrivons à la propriété des Clark et bien évidemment, Alexander est déjà là. D'abord, je ne vois que sa moto et puis quand je l'aperçois, son sourire va d'une oreille à l'autre. L'idée de ne pas montrer à quel point je suis heureuse de le voir ne me traverse même pas la tête. Je sens mon cœur se gonfler et quand je me retrouve dans ses bras, je me sens chez moi.

– Tu m'as manqué, Love, me dit-il. J'ai cru que cette semaine n'en finirait jamais.

Sans me laisser une chance de répondre, il se penche sur moi et m'embrasse. Ten nous tourne le dos.

– Je rentre. Vous pourrez me rejoindre quand vous aurez fini. Cela devient bien trop sentimental pour moi !

Je sens les lèvres d'Alexander s'incurver en un sourire, mais sans que cela l'arrête dans son élan et moi je savoure toutes les sensations qu'il suscite. J'aimerais qu'il y ait un moyen de les stocker pour pouvoir les faire revivre à volonté. Mais si c'était possible, cela ne serait plus aussi magique ! Il me relâche et me fait à nouveau un bisou sur le nez. Je suis sur un petit nuage rose.

Alexander prend ses sacoches et nous entrons dans la maison en passant par la porte de la cuisine que Ten a laissée ouverte à notre intention. La maison est agréable et chaude. Nous retirons nos manteaux en traversant la cuisine pour entrer dans l'immense pièce principale. C'est à la fois le salon et la salle à manger. Dans un coin de la pièce trône le quart de queue de Carla et juste à côté, il y a le bureau de James Senior. Ten m'a dit que son grand-père aimait travailler en écoutant sa fille jouer.

Alexander voit le piano et ne peut lui résister. C'est un Steinway magnifique. Je ne m'y connais pas en matière d'instruments de musique, mais je suis certaine que James a acheté ce qu'il y avait de mieux pour sa fille.

Alexander laisse tomber ses sacoches à côté du piano et déplace le banc pour se placer à la bonne distance du clavier avant d'en soulever le couvercle. Il place ses mains sur les touches en ivoire et commence à jouer les yeux fermés. C'est une lente ballade. Le rythme change plusieurs fois au cours du morceau, c'est romantique et un peu triste. Je reste debout à côté de lui, les mains posées sur la laque noire, laissant les vibrations envahir mon corps depuis le bout de mes doigts.

Il s'arrête et me regarde. Il y a une question dans ses yeux.

– J'adore. C'est à couper le souffle, je lui dis. C'est de toi ?

Il hoche la tête et me tend la main pour m'approcher de lui.

– Il ne manque plus que des paroles, je lui dis.

– Absolument, on va faire cela tous les deux ce week-end.

– Tous les deux ? je lui dis en haussant les sourcils. Mais je n'ai jamais rien écrit.

– Alors tu es aussi vierge en matière de poème, il me dit en se moquant gentiment de moi. Sérieusement, tu es la première fille que je rencontre, qui n'a jamais rien écrit.

Je ferme les yeux quand je réalise que, quoi que je fasse, je ne peux échapper à l'influence de la Salope. C'est à cause d'elle que je ne me suis jamais permis de coucher mes sentiments sur papier.

Comment est-ce que j'aurais même pu l'envisager alors que mon intimité peut être violée à tout moment ? Qui plus est si j'avais trouvé le courage de le faire, je suis certaine qu'elle aurait découvert mon cahier et aurait tenté de m'humilier en se moquant de ce que j'aurais pu écrire. Cela fait si longtemps que je me bride que je ne suis même pas certaine d'avoir un jour eu envie d'écrire quoi que ce soit.

Mais Alexander n'envisage pas une seconde que je n'ai pas envie de faire cela avec lui.

– Nous allons écrire ensemble, dit-il en sortant un bloc de son sac. Il y a un stylo attaché sur la spirale. Il ouvre et cherche une page vierge. Il se déplace sur le petit banc pour me faire une place à côté de lui. Je me pose et il me passe le bloc. Je recommence depuis le départ, je vais te jouer la mélodie.

– Est-ce que tu as déjà décidé de quoi tu allais parler dans la chanson ? demande Ten. Il est apparu comme par magie derrière moi. En réalité, il a dû arriver quand Alexander était en train de jouer. J'étais trop fascinée par la mélodie pour remarquer quoi que ce soit.

– Oui, on va parler de l'absence de la personne aux côtés de qui on veut être, dit Alexander en me regardant dans les yeux.

– Ça marche, je lui réponds.

– Bon et bien je vous laisse écrire. J'ai des trucs à faire pour la fac, donc je vais me poser dans mon ancienne chambre. Venez me chercher quand vous aurez fini.

– C'est d'accord, je lui dis et Ten nous quitte.

Alexander commence à jouer et fredonne la mélodie. Il me regarde et me demande de lui donner quelque chose pour commencer.

– Je n'aurais jamais cru que tu me manquerais autant, je lui propose.

Il me dit, j'aime bien.

Il recommence et chante ' Je n'aurais jamais cru que tu me manquerais autant. Comment est-ce possible alors que je te connais à peine ? '

– À ton tour, Love.

Deux heures plus tard, nous avons une jolie chanson. Ce n'est pas de la poésie de haut vol. On est bien loin des sonnets anglais qu'on nous fait étudier à l'école, mais, pour une chanson, c'est pas mal. C'est assez simple pour être mémorisé rapidement. La mélodie accroche bien.

Juste dans les temps, Ten descend de sa chambre et demande à écouter notre chef-d'œuvre. Je plaisante en lui répondant qu'il a sans doute placé la barre trop haut en ce qui concerne nos talents d'auteurs. C'est que je pense sincèrement que ce qu'on a écrit n'est pas terrible, mais il y a peu de chanson d'amour qui ne soit pas un peu mièvre quand on les étudie avec un œil critique. Je me fais la leçon. C'est à Ten que je parle. C'est mon ami. Il n'aura pas la dent dure. Il sera positif.

On décide de lui faire écouter et Alexander commence à chanter. Ten lève la main pour l'arrêter.

– Attend, je reviens. Il monte en courant dans sa chambre et revient avec un enregistreur. Une boite carrée qu'il pose sur le piano. Ça enregistre des cassettes. Bien sûr, le son ne sera pas terrible, mais comme cela j'aurai le premier enregistrement de ce futur tube !

Il appuie sur deux des touches du boîtier et Alexander recommence à chanter. Ten l'arrête à nouveau après une phrase.

– Qu'est-ce qu'il y a maintenant ?

– Pourquoi est-ce que Lovey ne chante pas avec toi ?

– Tu chantes ? demande Alexander en se tournant vers moi.

– À peu près juste, je lui réponds. Mais à côté de ta voix...

– Laisse-moi en décider, dit-il. Chante avec moi Love.

Il recommence et je joins ma voix à la sienne. Elles se mélangent bien. Je garde mes yeux sur le bloc pour ne pas me planter et quand nous avons fini, il me regarde comme s'il me voyait pour la première fois. Je suis mal à l'aise, car je ne sais pas ce qu'il pense.

Ten nous applaudit debout.

– Mais oui, tu chantes, dit Alexander et maintenant que je comprends qu'il aime ma voix j'ai l'impression de briller.

– Je suis honoré d'être le témoin de cette nouvelle association, dit Ten en adoptant un ton faussement prétentieux. C'est superbe ce que vous faites ensemble.

Je glousse. Je me rends compte que je ne riais pas comme cela avant. Je ne sais pas combien de temps cela va durer, mais j'ai bien l'intention d'en profiter.

Ten continue de se pavaner et annonce, je te l'avais dit qu'elle avait une voix. Il fait une grimace d'autosatisfaction. De temps en temps, le gamin espiègle qu'il a été remonte à la surface. Il est mignon, mais exaspérant.

– Elle aurait eu le rôle principal dans la comédie musicale qu'ils ont montée à l'école si sa mère...

Je lui coupe la parole.

– Ten, s'il te plaît !

– Non, laisse-le parler. Je veux savoir, dit Alexander. Pourquoi est-ce qu'elle ne t'a pas laissée avoir le rôle ? Cela lui aurait permis de faire l'intéressante avec ses amis, non ?

Je regarde mes mains et me force à les poser à plat sur mes cuisses. Alexander me regarde de façon étrange, comme s'il n'arrivait pas à comprendre qu'une mère puisse autant détester sa fille. Je sais que rares sont ceux qui le comprennent, mais c'est comme cela et je ne peux rien y faire. De temps en temps, je me demande pourquoi elle me hait autant. Je pense que quelque chose d'horrible a dû lui arriver pour qu'elle en arrive là, mais je ne veux pas y penser. Je me contente de la détester. C'est plus facile comme ça.

– On peut ne plus parler d'elle, je demande.

– Bien sûr, Lovey, dit Ten. Je suis désolé de l'avoir fait.

– Et bien moi je ne suis pas désolé qu'il m'ait fait découvrir que tu avais une voix magnifique, dit Alexander relevant le rideau de mes cheveux. Allez, on la rechante pour vérifier qu'on l'a bouclée.

Chapitre 6

Le restaurant est fermé ce soir. Personne ne veut y finir l'année. Demain, il va y avoir du monde comme un dimanche d'été. Je suis contente de ne pas avoir à travailler. Même si les pourboires sont généreux ils ne le seront pas assez pour supporter la Salope avec la gueule de bois d'enfer des premiers janvier. La pauvre Wendy devra la gérer. On s'est à peine parlé depuis samedi dernier et j'ai un peu honte de ne pas lui avoir demandé comment elle allait.

Je lui demanderai quand je retournerai au boulot après la rentrée. Pour l'instant, je suis dans ma petite bulle de bonheur et je ne veux rien laisser entrer de sombre. La bulle ne va pas durer éternellement. Alexander va la faire exploser en partant.

Je ne sais pas comment je vais arriver à tenir parce que Ten s'en va pour un semestre en Europe. Il va bien falloir que je trouve un moyen. C'est pas comme si j'avais le choix. Il faut que je tienne encore le coup quelques mois. Juste le temps d'en finir avec le lycée et puis je pourrais m'enfuir. Je vais commencer à travailler pendant un an et ensuite, une fois que j'aurais un peu d'argent de côté, je reprendrais mes études.

C'est Alexander qui vient me chercher aujourd'hui. Il a profité de ce long week-end dans la maison des Clark. Il est raide dingue du piano et il jure que dès qu'il aura assez d'argent il va s'en offrir un comme ça. Je sais qu'une fille normale se demanderait combien de temps il faut pour être accepté comme une star et invité à des super-soirées et à des émissions de télé. Mais ce n'est pas ce que je voudrais savoir. Je suis pas paillettes et strass. Je suis terre à terre. Je veux savoir combien de temps il faut à une star du rock pour gagner assez d'argent pour pouvoir s'offrir un Steinway? Je n'ai pas la moindre idée de ce qu'une tournée rapporte. Ou alors peut-être que cela ne rapporte rien, mais que cela aide à vendre des disques et à se faire connaître. Le revenu serait tiré des ventes dans ce cas là. Je voudrais poser toutes ses questions à Alexander, mais je crains que ma curiosité à propos du monde de la musique me fasse passer pour une fille intéressée.

Je me détends quand il se rapproche. C'est vrai que je suis intéressée, mais pas par l'argent qu'il va gagner, par le temps qu'il va pouvoir passer avec moi. Je veux chaque seconde qu'il pourra me consacrer avant de partir en tournée. Je réalise que je ne le reverrai peut-être jamais plus après. Il va devenir quelqu'un et je vais probablement le perdre lorsqu'il aura vraiment réussi, mais au moins il aura été à moi un petit moment.

Il s'arrête juste assez longtemps pour que je grimpe derrière lui et que j'enfile mon casque. Nous partons et je ne fais même pas attention si ma mère nous regarde partir. Nous arrivons chez les Clark et Alexander conduit directement jusqu'à la maison principale. Je ne vois pas la moto de Ten.

– Il est reparti en ville, me dit Alexander. Il y a une soirée à laquelle il voulait se rendre et il a ajouté qu'on n'avait pas vraiment besoin de lui.

– Ah. C'est tout ce que j'arrive à dire. J'ai des sentiments partagés sur son absence. D'un côté je suis contente qu'il soit parti parce qu'il y a des choses... des moments de tendresse, qu'Alexander et moi ne pouvons partager quand Ten est avec nous. Mais d'un autre côté, je suis aussi un peu triste. J'aime bien être avec mon pote et puis j'étais curieuse de rencontrer celui qui lui donne un regard si rêveur.

– Avant de partir, il m'a montré comment on faisait fonctionner le jacuzzi. J'avais adoré l'autre soir. J'ai pensé qu'on pourrait y retourner. Juste tous les deux.

– J'ai bien aimé aussi. Je lui dis. J'en avais jamais profité pendant les mois d'hiver et c'est délicieux d'être plongé dans l'eau chaude jusqu'au cou lorsqu'il fait froid dehors.

– C'est très décadent de regarder la vapeur s'envoler et d'avoir si chaud. C'est une chose à ajouter à la liste de mes investissements quand j'aurai de l'argent.

– Laisse-moi deviner. La première chose que tu vas acheter est un piano à queue ?

–- Non d'abord je veux un chez moi pour y installer le piano. La première chose que je veux faire c'est investir dans un toit au-dessus de ma tête, me répond-il. Il sourit et ajoute, Après j'achèterai un lit et puis un piano et puis peut être un bain à remous.

Le bénéfice secondaire de notre première baignade avait été que j'avais pu voir le corps d'Alexander de près. Il est un peu plus carré que Ten, mais ils ont le même genre de silhouette, des corps de nageurs. Je sais que Ten s'entraine avec l'équipe de natation de son université. Je ne sais pas comment Alexander fait pour être dans une telle forme.

C'était drôle de voir Alexander dans un des maillots de bain de Ten. Maillot de bain... je n'ai pas apporté le mien. Avant même de prendre le temps de réfléchir, je dis, Mais je n'ai pas mon maillot.

Il me regarde comme s'il n'avait jamais rien entendu d'aussi absurde. Et moi je pique un phare, je dois avoir viré au rouge cramoisi parce que j'ai vraiment les joues brûlantes. Bon, je vais me baigner sans maillot. Je me concentre pour tenter de me rappeler ce que j'ai mis comme sous-vêtement ce matin et je réalise que ce que je porte est si délavé que je serai sans doute moins gênée sans rien. Je dois être un peu dérangée.

– Moi non plus, je n'aurai pas de maillot, dit-il en me faisant un clin d'œil. Allez, à l'eau.

Après avoir lancé cette grenade explosive dans mon imagination, il se dirige vers la maison. Suis-je prête ? Je n'en suis pas si sûre. Nous entrons et déposons nos affaires dans la pièce principale qui donne sur la terrasse sur laquelle est posé le jacuzzi. Je regarde autour de moi et je me dis que ce n'est pas trop le désordre pour une maison dans laquelle deux mecs ont passé quelques jours tout seuls.

Après avoir déposé son blouson, Alexander enlève ses bottes et saute sur le canapé. Il tend les bras dans ma direction et je viens me blottir contre lui. Il me masse les épaules et je ronronne.

– Ah, c'est magique.

– Ma mère me faisait des papouilles dans le dos quand j'étais petit, me dit-il. Elle faisait cela pendant une éternité. Andy et moi on a été très dorlotés.

– Andy, c'est ton aîné ? Je lui demande.

– Oui. Je t'ai dit qu'il était flic en ville. Il a toujours voulu être officier de police. Maman et moi, on l'appelait Monsieur l'Officier quand on voulait le taquiner. Ce que l'officier Andrew préfère c'est qu'on lui masse les pieds. Et comme c'est ce qu'il préférait, elle lui massait les pieds.

Je sais qu'il a perdu sa mère et qu'il a été élevé par un oncle. C'est le propriétaire du bar dans lequel il travaille. Il ne parle jamais de son père. J'aimerais en savoir plus à propos de sa mère et de sa famille, mais je n'ai pas le courage de lui demander, car je vois que c'est souvent douloureux pour lui d'en parler.

– Et toi ? me demande-t-il. Tu dois tout de même avoir quelques bons souvenirs de ta mère, non ?

– Non. Aucun. Mon ton est sec, presque agressif. Je peux voir dans ses yeux qu'il ne va pas lâcher l'affaire. Il y a peu de gens qui voient au-delà de la façade respectable qu'elle présente au monde à quel point elle est mauvaise et cruelle. Je voudrais qu'on passe à autre chose, mais il semble vouloir comprendre.

Le fait de penser à elle me conduit à me tenir droite et m'éloigner de lui. La magie de l'instant a disparu. Elle ne reviendra pas tant que je ne lui aurai pas fait comprendre que c'est un sujet que je ne veux même pas aborder. Le pouvoir qu'elle a sur ma vie, même quand elle n'est pas là, me dérange véritablement.

– Tu veux vraiment savoir ?

– Je veux tout savoir sur toi.

Je ferme les yeux parce que je ne veux pas lire de pitié dans ses yeux en lui racontant un des événements des plus traumatisants de mon enfance.

– J'avais dix ans et en rentrant de l'école j'ai trouvé un chaton sur le bord de la route. Je n'ai pas pu résister à cette petite boule de fourrure.

– Y'a rien de plus mignon qu'un chaton, me dit-il.

– Alors je l'ai pris et je l'ai ramené à la maison. Pendant deux jours je l'ai gardé dans ma chambre, je montais de la nourriture en douce de la cuisine. J'avais fait une litière avec une boite à chaussure et puis du sable de la plage... Je prends une grande respiration avant de continuer. Le troisième jour, quand je suis rentrée à la maison, la Salope était dans ma chambre, assise sur mon lit avec le chaton sur ses genoux qui ronronnait.

Ma voix tremble, mais il faut que le reste de mon histoire sorte. Je lui fais la version courte.

– Elle l'a noyé dans l'évier. Elle avait attendu que je rentre pour le faire parce qu'elle voulait que je la regarde.

Une expression d'incrédulité balaye son visage et il est sur le point de dire quelque chose quand je pose deux doigts sur ses lèvres pour le faire taire.

– J'ai pleuré des journées entières et cette Salope a attendu que je me calme pour me porter le coup de grâce. Une fois mon torrent de larmes épuisé elle m'a dit que tout cela c'était de ma faute. Si j'avais laissé le chaton sur le bord de la route, il serait sans doute encore en vie. Il aurait pu retrouver sa mère qui l'aurait protégé, il aurait pu être adopté par quelqu'un d'autre et trouver sa place dans une famille qui aime les chats... Si le chaton était mort, c'était parce que je ne lui avais pas obéi. J'avais fait rentrer un animal dans sa maison alors que je savais qu'elle n'en voulait pas. La mort du chat, c'était ma faute.

Je frissonne et je vois de la compassion dans les yeux d'Alexander. Le bout de mes doigts est toujours sur sa bouche et il y pose un baiser avant de m'approcher de lui.

– Tu te rends compte que tout cela n'a pas de sens ? dit-il en me serrant fort. Rien n'était de ta faute. Ce que je veux dire c'est qu'il y avait des tas d'autres solutions. Elle aurait pu chercher une famille dans laquelle placer le chaton. Si elle ne voulait pas y passer le temps, il aurait suffi qu'elle le dépose à la SPA. Elle aurait même pu te demander de le déposer dans un refuge ou encore le rejeter à la rue. Elle n'avait pas à le tuer, à te forcer à la regarder le faire ni à te culpabiliser ensuite. La mort de ce chat c'est sa faute, pas la tienne.

Alexander me berce doucement et malgré ses gestes tendres aucune larme ne coule. Je ne pleurerai plus jamais sur ce chaton ou sur l'enfant torturée que j'ai été.

– Tu as sans doute raison, mais cela ne change rien au fait que je me sente coupable.

– Je suis désolé, Love. Il va falloir que je te fasse penser à autre chose, dit-il. Tu veux qu'on mange ou qu'on prenne un bain ?

– J'ai pas faim. La réponse est sortie avant que je prenne le temps de réfléchir.

– Alors, à l'eau.

Il va falloir que je me déshabille et je ne suis pas à l'aise. C'est pas seulement parce que je vais me retrouver toute nue, mais aussi parce qu'on est chez Ten, sans lui, et que si un membre de la famille Clark débarque, on aura l'air de squatter.

Comme s'il avait pu lire mes pensées, Alexander me rassure.

– Avant de partir, Ten a parlé avec son grand-père à Acapulco puis vérifié où étaient ses parents. On a vraiment la maison juste pour nous ce soir. Ten a refermé le bungalow et m'a dit de prendre sa chambre d'enfant. Tu sais qu'elle est plus grande que mon studio en ville ? Je crois que je n'aurai aucun mal à m'habituer à vivre comme cela.

– Dans quelques mois, cela sera possible, Monsieur Super Star, je lui réponds en le regardant s'attaquer à la boucle de sa ceinture. Je prends mon courage à deux mains et dégrafe mon soutien-gorge sous mon tee-shirt pour pouvoir retirer les deux d'un seul geste. Je déboutonne mon jean et me prépare à le faire descendre d'un coup, avec mon slip.

Je lève les yeux vers lui et je vois qu'il est déjà nu. Mon regard se bloque sur son visage. Il me sourit.

— Je vais chercher des serviettes pour qu'on ne se gèle pas en sortant.

Il sort de la pièce pour aller dans la salle de bain et j'en profite pour enlever mes vêtements à toute vitesse. Je les laisse tomber par terre et me jette sur la porte-fenêtre pour me précipiter sur la terrasse. Putain ! Il fait super froid. J'ai la chair de poule. En deux secondes, le bout de mes seins s'est transformé en Smarties rouge. Je lève la couverture qui protège le jacuzzi et me glisse dans l'eau. Elle est bouillante. Je tourne les boutons sur le tableau de bord jusqu'à ce que je trouve celui qui met la fonction bain bouillonnant en marche. Quelques secondes plus tard, le moteur démarre et la surface de l'eau se voile de bulles et de mousse. C'est sans doute ridicule, mais maintenant que l'eau n'est plus limpide, je ne me sens plus aussi nue.

Alexander arrive une minute plus tard avec de grandes serviettes qu'il pose à portée de main sur le sol. Il est magnifique. Il saute dans l'eau à côté de moi et laisse échapper un soupir de contentement comme si c'était la sensation la plus merveilleuse au monde. Il adore l'eau chaude. Il y a un petit rebord qui peut servir de banc qui court autour du bassin à mi-hauteur. Je suis assise dessus. Alexander s'agenouille devant moi, glissant ses bras autour de ma taille.

C'est si parfait. Je pourrais rester comme cela pendant des heures.

– Je vais te montrer qu'on peut faire encore mieux, me dit-il. J'ai encore pensé à haute voix ? Il change de position et me tire sur ses genoux.

Je me colle à lui pendant qu'il caresse mes cheveux. Il me fait lever la tête avec un doigt replié sous mon menton et pose sa bouche sur la mienne. J'écarte les lèvres et je fonds. Il a ce pouvoir magique de me faire fondre. J'ai la tête qui tourne. J'ai le tournis et je m'accroche à lui.

Il glisse ses doigts dans mes cheveux et éloigne ses lèvres des miennes un instant pour me parler.

– Si tu le veux, je te protégerai. J'aurai l'impression d'être un géant si tu me laisses être celui qui prendra soin de toi.

Chapitre 7

J'adore le fait qu'il veuille prendre soin de moi. Je pense qu'il croit vraiment à ce qu'il me dit, mais moi je sais que tout cela c'est rien d'autre qu'un beau rêve. La semaine prochaine il sera parti en tournée et moi de retour à ma vie de merde, au bahut et au restaurant.

– Tu ne me crois pas, Love ?

– Je sais que tu es sincère, mais il faut bien faire face à la réalité.

– Qu'est-ce que tu veux dire ?

– J'ai dix-huit ans et toi tu as quoi, une petite vingtaine ?

Il hoche la tête et rit quand je dis, Il n'y a pas si longtemps cela aurait pu relever du détournement de mineure.

Je passe les doigts dans ses cheveux.

– Je veux passer le bac et toi tu veux partir en tournée. Il va falloir que tu attendes que j'aie réussi à me libérer pour devenir mon chevalier servant. Pour le moment, tu m'as fait tourner la tête, mais on ne peut pas s'enfuir ensemble dans le soleil couchant.

– Tu as raison, ça ne sera pas pour ce soleil couchant, mais fais-moi un peu confiance, je ne vais pas disparaître. Je suis à toi, vraiment. Je me penche pour l'embrasser quand il ajoute, Alors je te fais tourner la tête.

– À ton avis ? Mon ton est sarcastique à mort. Je suis à poil, assise sur tes genoux à t'embrasser comme une folle.

Il m'embrasse à nouveau et ses mains glissent de mes épaules jusqu'au creux de mon dos puis plus bas encore. Ses mains remontent jusqu'à ma poitrine et je suis noyée dans un océan de désir. Il y a ce brasier en moi, c'est quelque chose que je n'ai jamais ressenti avant et qui me dévore. Je dois accrocher mes mains à ses épaules pour ne pas perdre l'équilibre.

– Tu veux savoir ce que je pense ? Je pense que j'ai tellement envie de toi que je pourrais te faire l'amour jusqu'à la nouvelle année. Tu veux bien ?

Les yeux rivés dans les siens, je hoche la tête.

– Dis-le, grogne Alexander. Dis-moi que c'est ce que tu désires. J'ai besoin de t'entendre le dire. J'ai besoin d'être certain que c'est bien ce que tu veux parce qu'une fois que j'aurai commencé ce sera dur de m'arrêter, et tu seras à moi pour de bon.

– Oui, c'est ce que je veux, je murmure. Je veux que tu sois mon premier. Je veux que tu me montres, je veux plus de toi. Alexander me soulève et me déplace jusqu'à ce que nous soyons à genoux face à face. Son torse est hors de l'eau, mais il n'a pas l'air de sentir le froid.

– Personne, jamais personne avant moi, dit-il. Ce n'est pas une question. C'est une affirmation. Comme s'il avait besoin de le dire à haute voix, comme si c'était la chose la plus extraordinaire qui lui soit jamais arrivée. Il sera mon premier. Il me regarde comme si j'étais la plus belle fille de la terre et pendant un court instant je me dis que peut-être en effet, je le suis. En tout cas, je suis la plus chanceuse. Une créature sensuelle a pris le contrôle dans ma tête. Elle a enfermé à double tour toutes mes pensées négatives dans un placard et je les entends à peine tambouriner contre la porte.

Le temps s'arrête pendant que nous nous regardons dans les yeux à contempler nos âmes. Je répète après lui, Personne, jamais personne avant toi... je ne souhaite personne, personne après toi.

Mes paroles semblent le bouleverser. Ses mains repassent de ma taille à mon dos et il me serre de plus près encore. Je sens que son désir est aussi puissant que le mien et lorsqu'il m'embrasse à nouveau je ferme les yeux pour savourer encore mieux les sensations. Je gémis dans sa bouche. Il glisse une main entre mes jambes et explore mon repli. Ce que je ressens me fait écarquiller les yeux. Il se recule un peu pour étudier l'expression de mon visage à la recherche d'indices pour adapter sa caresse à mes réactions. Il a créé une boule de feu qui m'embrase.

– Est-ce que tu peux décrire ce que tu ressens ?

Je suis haletante. La sensation est si nouvelle et si incroyable que je n'ai pas les mots pour la décrire. Je lui donne la première image qui me vient à l'esprit.

– Je suis debout sur le bord d'une falaise et j'ai cette envie incroyable de sauter, mais je ne sais pas comment faire.

– Je vais te montrer, Love, me dit-il et c'est ce qu'il fait.

Je le laisse me pousser du bord de la falaise, mais au lieu de tomber en chute libre, je m'envole. Je m'envole si haut que je voudrais ne jamais redescendre. Quand je reviens sur terre, Alexander est là pour m'attraper et me serrer contre lui jusqu'à ce que ma respiration redevienne normale. Lorsqu'il recommence, ce n'est plus sa main qui m'explore.

Il entre doucement pour me laisser le temps de m'habituer. Ses yeux sont fermés et son visage un masque de concentration. À chaque fois qu'il me pénètre un peu plus j'ai le souffle coupé. Je sais qu'il est en moi tout entier quand il ouvre les yeux et me demande comment je me sens.

– Ça peut aller, je lui dis. Je n'en suis pas certaine en fait. Je me sens envahie et c'est très étrange.

– Ça peut aller n'est pas une bonne réponse, me dit-il en ressortant doucement avant de revenir vers moi. Je frissonne et il me demande, Et là ?

Je finis par hocher la tête, car lorsque je me suis détendue, je ne suis pas certaine de pouvoir parler. Il sourit et accélère sa cadence. Je ferme les yeux et je m'abandonne tout à fait. Il fait partie de moi maintenant et nous fusionnons en formant un nouveau soleil.

Il me garde contre lui sans bouger pendant que nous reprenons notre souffle puis il sort de l'eau Il s'enroule dans une serviette et en ouvre une autre dans laquelle je me réfugie en sortant. Il remet la couverture sur le bassin et nous courrons jusque dans la maison. Nous nous réfugions dans ce qui était la chambre de garçon de Ten avant qu'il n'ait le bungalow. Nous plongeons sous l'épaisse couette de son petit lit et nous serrons l'un contre l'autre.

– Comment te sens-tu ? me demande encore Alexander.

– Un peu fourbue et inquiète.

– Pourquoi inquiète ?

– Parce qu'on n'a pas utilisé de protection.

– Oui, dit-il en riant. J'y ai bien pensé, mais je ne voyais pas comment j'allais pouvoir mettre une capote dans l'eau. Et puis, de toute façon, la température était trop élevée pour que ces petits nageurs survivent, ne t'inquiète pas, il n'y a pas de danger.

– T'es sûr ?

– Certain, et pour la prochaine fois j'ai des préservatifs. Fais-moi un peu confiance, Love. Mes intentions ne sont manifestement pas chastes, mais elles sont bonnes. Je promets que je ne te ferai rien dont tu n'aurais pas envie.

– Hmmm hmmm, je lui réponds. Je vais fermer les yeux une minute. Je me mets sur le côté et dans le petit lit de Ten nous nous endormons lovés l'un contre l'autre comme des cuillères dans un tiroir.

C'est le doux ronflement d'Alexander qui me réveille. Il a la tête dans les nuages. Il dort profondément. Une autre partie de son anatomie est parfaitement réveillée. J'entends le tic-tac d'une pendule sur la table de nuit. C'est un vieux modèle avec la tête de Mickey, deux petites cloches remplacent ses oreilles. Il est presque minuit. À côté de cette icône enfantine trône, incongrue, une poignée de préservatifs.

Alexander était bien préparé, mais il n'avait pas pensé aux aspects pratiques d'une étreinte aquatique. J'espère qu'il a raison à propos de l'effet de l'eau chaude sur le sperme.

J'ai une envie dévorante de manger et d'Alexander. Pas nécessairement dans cet ordre. Je pense que je sais comment je veux finir l'année 1978.

Je prends un préservatif et me tourne vers Alexander. Je déchire l'emballage et examine le contenu. On dirait une chaussette qui aurait été roulée le long d'une jambe. Pour la mettre, il n'y a plus qu'à la dérouler dans l'autre sens. Je devrais pouvoir faire cela… Je soulève la couette et après avoir un peu tâtonné, je déroule la fine membrane doucement sur toute sa longueur. Les hanches d'Alexander bougent et quand je ressors la tête de sous la couette, je vois qu'il ne dort plus. Ces yeux sont grands ouverts et il a l'air heureux.

– J'aime qu'une femme prenne l'initiative, dit-il en roulant sur le dos et en m'emportant avec lui. Je n'aurai pas pu imaginer une façon plus géniale de fêter l'arrivée de la nouvelle année.

Moi non plus. Je me mets à cheval sur lui et descends doucement. Nous bougeons ensemble. C'est une sorte de danse sensuelle. Comme un tango. Si ce n'est que, dans ma tête le tango c'est noir et blanc et que là, à cet instant, je vois des millions de couleurs, des feux d'artifice et un bonheur sans fin. Faire l'amour c'est magique. Je crois que je ne m'en lasserai jamais.

– J'espère bien ! dit Alexander.

Bravo, ma fille, tu l'as encore fait. Quand est-ce que je vais apprendre à ne plus penser à haute voix ?

J'essaye de ne pas penser à ce que nous allons devenir. C'est sans doute une bonne chose de ne pas pouvoir deviner l'avenir. S'il est sombre, on s'en rendra compte bien assez tôt. S'il est radieux, on en profitera d'autant plus que ce sera une surprise.

DEUXIÈME PARTIE
– 1979 À 1980 –

Chapitre 8

C'est le milieu de la nuit et j'ai cette douleur épouvantable qui me perce le dos. C'est comme ci quelqu'un me perforait à coup de pic à glace. Je dois avoir une gastro. Je n'ai pas du bien digérer ce que j'ai mangé pour dîner. Je me rendors.

La douleur revient, encore plus forte. J'ouvre les yeux et je me concentre sur le déni. C'est trop tôt. Cela ne fait pas encore neuf mois. Mais en vérité, je ne sais même pas quel jour on est. J'ai perdu le fil du temps. Je ferme les yeux, je respire profondément et je me rendors.

Lorsque la troisième vague s'achève, je m'assois sur le lit et je m'habille. Je déteste ces espèces de robes larges comme des tentes de camping que je porte ces derniers mois.

Une fois habillée je me remets au lit en priant pour que ce soit une fausse alerte et je me rendors.

Je grince des dents. Si *ça*, c'est *juste* le début des contractions, je me demande ce que cela va être à la fin. L'idée me panique et je frappe à la porte de ma chambre en espérant que je vais faire assez de bruit pour que mes deux gardiens se réveillent.

J'ai fait des cauchemars dans lesquels j'accouchais toute seule dans ma chambre. Je frappe de nouveau sur la porte et tends l'oreille pour tenter de capter un bruit qui me permettrait de vérifier qu'ils m'ont bien entendue.

– Maria, Maria, est ce que tu es là ? Le bébé arrive.

Je suis sur le point de donner des coups de pied dans la porte lorsque les contractions reviennent. Je recule de deux pas et me roule sur le lit. Je me retourne à la recherche d'une position confortable. En vain. Je suppose qu'il ne doit pas y avoir de position confortable pendant le travail. Je tente la courte respiration que j'ai vu faire dans des films, mais cela n'a pas l'air de marcher pour moi.

La porte s'ouvre et Miguel me regarde en disant, Arrête de crier, tu fais peur à Maria.

Je ne m'étais même pas rendu compte que je criais, mais j'ai bien dû hurler, car j'ai mal à la gorge. Maria le pousse sur le côté et vient s'accroupir au bord de mon lit. Elle est habillée. Elle me touche le ventre. Je suis tendue comme un tambour. Elle se retourne et s'adresse à son mari.

– Va chercher la voiture, le bébé arrive.

Michel se retourne et s'en va. Je regarde Maria dans les yeux. Je sais que c'est quelqu'un de bien, je pense qu'elle a de l'affection pour moi alors je plaide ma cause.

– Maria, s'il te plait, laisse-moi partir ou alors amène-moi à l'hôpital.

Je sais que si elle me conduit jusqu'à l'institution privée où j'ai eu mon suivi, ils vont me prendre le bébé et je ne pourrai pas le supporter. Cela ne doit pas arriver.

Maria écarte les cheveux de mon front et tente de me rassurer.

– Ça va aller, Lyv, dit-elle. C'est ce qu'il y a de mieux ma petite fille. Je sais que tu n'as pas envie de me croire, mais tu as juste dix-huit ans. Qu'est-ce que tu ferais d'un enfant alors que tu es encore une enfant toi-même ?

Je ne suis pas d'accord avec elle, mais au moins elle n'est pas mauvaise. Elle pense vraiment que la meilleure chose pour moi c'est d'abandonner mon bébé. Mais ce n'est pas pour cette raison que je suis là. Ce n'est pas comme cela que la Salope voit les choses. Elle a été la première à réaliser que j'étais enceinte. Ce qui lui a mis la puce à l'oreille c'est que je n'ai pas eu de migraines pendant deux mois. Au troisième mois elle n'avait plus de doute. Au troisième mois, j'avais aussi compris ce qui m'arrivait.

– Ta venue au monde était une erreur. C'était mon erreur alors je n'ai pas eu d'autre choix que de l'assumer, m'avait dit la Salope. En pointant du doigt mon ventre, elle a grommelé, les mâchoires serrées, Celle-là c'est ton erreur, et je ne veux pas avoir à m'en occuper.

– C'est parfait, j'avais répondu. À la fin de l'année scolaire, je m'en vais et tu n'auras plus à te soucier de moi.

Je n'avais pas vraiment de plan précis, mais je me disais que j'avais encore quelques mois devant moi. Ten devait rentrer d'Europe pour les vacances de printemps et il allait m'aider à trouver une solution. Cela m'était égal de savoir si Alexander voudrait de l'enfant ou pas, bien sûr je rêvais qu'il le veuille, mais, dans tous les cas, c'était d'abord ma responsabilité et j'allais être une mère aussi bonne que la mienne avait été horrible.

La vie était retournée à la normale pendant deux semaines jusqu'au soir où elle m'a fait kidnapper. Deux hommes sont passés à la maison après l'école. Ils m'ont droguée et emportée sur une civière jusque dans une sorte d'ambulance. J'ai le souvenir d'avoir somnolé pendant au moins une journée entière avant de me réveiller dans cette pièce sans fenêtres. Combien de jours sont passés depuis ? Je ne sais pas. J'ai perdu le compte.

Ce que je sais par contre c'est que la Salope a dû inventer une histoire bien convaincante pour expliquer mon absence à la maison. Elle est tellement obsédée par le qu'en-dira-t-on que je ne me fais aucune illusion, son histoire doit être très au point et tout le monde a du la gober. Elle adore passer pour une victime alors elle doit jouer les mères inconsolables et dire à tout le monde à quel point elle est inquiète depuis que je me suis enfuie. Qui sait ?

On doit être à la fin de l'été, il fait chaud et très humide. Lorsque j'ai l'occasion de jeter un œil dehors, il pleut.

Pendant les premières semaines, j'ai fait de la vie de Maria un enfer. À chaque fois qu'elle ouvrait la porte, je l'attaquais pour tenter de m'enfuir. À chaque fois Miguel me rattrapait et me tirait jusqu'à ma chambre malgré mes hurlements et mes coups de pied. Je suis prête à jurer que cet homme ne m'oubliera jamais. Il porte aujourd'hui sur son visage et sur ses bras les cicatrices que je lui ai laissées en souvenir. Je me suis battue comme une folle.

Mon dieu, que n'ai-je pas fait pour me sauver? C'est l'apparition de contractions qui a mis fin à mes tentatives de fuite. Maria m'avait prévenue, Si tu continues tu vas perdre l'enfant.

Et bien voilà! Nous y sommes. Je vais perdre l'enfant. Je me sens si impuissante. Je déteste cette situation. Il faut que je trouve le moyen de me sauver. Je sais où nous allons. Je me suis rendue déjà huit fois dans ce centre médical pour qu'on m'examine et me suive. La première fois ils ont fait tout un tas d'examens avant de déclarer que j'étais en pleine forme et que je n'avais aucune maladie. Ils ont prescrit un régime que Maria m'a fait suivre religieusement. Je ne pense pas que qui que ce soit ait jamais autant pris soin de moi avant elle, mais je ne peux pas en profiter quand je me rappelle pourquoi elle le fait.

Ils ne me soignent pas pour moi, ils me traitent comme un incubateur humain. Pour eux je suis cette machine à fabriquer un bébé, la machine doit être bien entretenue pour que le produit final soit parfait au jour de la livraison. En route vers le centre pour les visites de contrôle j'ai pu voir que l'établissement où je devais accoucher était situé à proximité d'une ville qui s'appelle Jupiter. C'est géré par les membres d'un culte avec l'efficacité d'une prison de haute sécurité. Une fois que Maria et son mari m'auront déposée, je ne pourrai plus m'échapper. J'y suis allée assez souvent pour m'en rendre compte.

À chaque fois, Maria et Miguel ont fait le nécessaire pour que je ne croise personne d'autre que le personnel, mais j'ai pu apercevoir des filles enceintes et parfois entendre des cris d'enfant. Je suppose que c'est la maternité d'un refuge pour jeunes filles 'perdues. '

Lorsque la douleur se calme, Maria m'aide à passer en position assise puis à me lever et enfin à descendre l'escalier. Elle m'installe sur une chaise devant un grand ventilateur et m'explique qu'on doit attendre un petit moment. Le temps que Miguel aille chercher la voiture. L'air frais du ventilo est un vrai bonheur. Je crois que je m'endors. Pas longtemps.

Quelques contractions passent et puis Maria me secoue et dit, Allez Lyv. Il faut que tu marches jusqu'à la voiture avant les prochaines.

Je la suis. Ce déplacement c'est ma dernière chance de m'enfuir, mais je suis si fatiguée que j'ai du mal à marcher toute seule. Maria s'installe avec moi à l'arrière de la voiture elle m'allonge avec ma tête sur ses genoux et me tiens dans ses bras.

– Tu vas voir, tout va bien se passer, me dit-elle. Les docteurs vont te donner quelque chose pour la douleur. Allez encore un petit moment et ce sera fini. Respire à fond.

Je ne veux plus respirer. Je veux mourir. Mais si je meurs maintenant, je vais tuer mon enfant. Quelle sorte de mère serais-je alors ? La douleur revient et je hurle. Ce n'est pas tant de douleur, mais de frustration et d'impuissance. J'ai mal et je suis en colère. Je donne un coup de pied dans la porte de la voiture à chaque contraction. Miguel jure en espagnol et Maria lui fait la leçon. Comme si je me souciais de ses gros mots. Je suis tellement déchirée que je me moque bien du reste.

Nous atteignons notre destination et Miguel sort en vitesse pour ouvrir la porte de mon côté. Maria tente de me pousser hors de la voiture, mais je refuse de bouger. Je sais que c'est absurde, mais je veux rester ici. Tant que je suis dans la voiture, je n'accouche pas et tant que je n'ai pas accouché, on ne peut pas m'enlever mon bébé.

Miguel comprend qu'ils ne vont pas s'en sortir tout seul. Il part chercher de l'aide. C'est ma dernière chance. Si je pouvais arriver jusqu'à la route principale peut-être qu'une voiture s'arrêterait et qu'on m'aiderait à m'enfuir. Je réunis toutes mes forces et arrive à sortir de la voiture. Je prends appui sur le côté de la voiture pour me mettre debout. Je commence à marcher sur la route que nous venons de prendre avant que Maria ne réalise ce que je suis en train de faire.

Je ne me suis même pas éloignée de cent mètres de la voiture quand les contractions reviennent. Merde, c'est de pire en pire. Je ne peux même plus respirer. Je grince des dents et je fais un pas de plus.

Allez Lyv, tu peux le faire.

Juste un pas de plus et mes jambes me trahissent. Je tombe paumes et genoux sur les graviers.

Les douleurs combinées sont déchirantes. Je respire et puis je crie Au secours !

À quatre pattes je tente de continuer à m'éloigner de la voiture. J'ai à peine bougé que des mains puissantes me soulèvent et me posent sur un brancard.

Voilà.

J'ai perdu.

Elle a gagné.

Je vais perdre mon bébé.

Ils me font rouler jusqu'à une salle d'accouchement. Les contractions se rapprochent et montent en puissance. Le temps est devenu capricieux. Il s'étire pendant les contractions et s'enfuit à tire-d'aile lorsqu'elles s'arrêtent. J'ai perdu tout sens du temps. Je ne sais même plus si je suis là depuis des heures ou des journées. Cela ne peut plus durer. Je vais mourir d'épuisement.

La sage-femme paraît fatiguée et Maria inquiète. Elle me parle doucement et m'essuie le front avec une serviette. Maria est restée à mes côtés tout le temps pour me tenir la main. C'est tellement tordu que mon seul soutien vienne précisément de la femme qui m'a forcée à venir ici.

– On y est presque, dit la sage-femme.

Je suis si fatiguée que je n'ai presque plus la force de faire ce qu'elle me demande. Lorsqu'elle me dit de pousser, je tente de le faire, mais cela n'a pas l'air de fonctionner. Je crie de douleur et de frustration. Une voix de femme très douce demande s'ils ne pourraient pas me donner quelque chose contre la douleur.

– Tu accoucheras dans la douleur, lui répond la sage-femme.

Sans blague !

Une éternité plus tard, la sage-femme me dit.

– La prochaine c'est la bonne.

Je pousse encore, de toutes mes forces, et j'entends le cri d'un bébé. La sage-femme l'enveloppe dans un lange et s'occupe du cordon. C'est une fille.

Une femme que je n'avais pas encore vue rentre dans mon champ de vision. Elle doit avoir une vingtaine d'années. Elle est ravissante. Elle prend ma fille dans ses bras. Elle pose sur elle un regard aimant et lui parle.

– Bonjour, soit la bienvenue dans notre monde, petite Eve.

Sa voix est mélodieuse et sa façon de parler est particulière. Probablement un accent du sud. Je ne peux pas l'identifier précisément. C'est elle qui a demandé si on pouvait faire quelque chose pour la douleur. Je la regarde et j'éclate en sanglots sans pouvoir me contrôler. Cette femme va prendre mon bébé et je ne peux rien faire pour l'en empêcher. Je suis trop faible pour me battre et même si j'arrivai à me lever ils me maîtriseraient en une seconde.

La femme se retourne et me regarde.

– Je vais prendre grand soin d'elle, je vous le promets. Cela fait si longtemps que je l'attends. Je vais faire d'elle la petite fille la plus heureuse de la terre.

Je vois bien qu'elle est sincère, mais cela ne réduit pas ma douleur.

La sage-femme m'appuie sur le ventre. Elle a un air inquiet.

– Le placenta ne sort pas, dit-elle à Maria qui me tient encore la main. C'est bizarre, comme elle évite de me regarder maintenant.

– Désolée ma chère, dit-elle, mais je n'ai pas d'autre choix. Je ne sais pas à qui elle parle, mais elle prend ma fille des bras de la femme et l'amène vers moi. Il faut que cette petite fille mange.

Elle me relève et me dit qu'il n'y a rien de meilleur pour un enfant que le lait de sa mère. Je suis folle de joie. Peut-être que je vais pouvoir passer un moment avec ma fille. Peut-être que je vais avoir une autre chance de m'enfuir. La sage-femme lève le drap qui me recouvre pendant qu'elle pose ma fille dans mes bras puis place un téton dans sa bouche. Elle m'explique pourquoi elle veut que je la nourrisse.

– L'allaitement va causer des contractions qui vont aider l'utérus à expulser le placenta. Alors, ne soyez pas surprise lorsque les contractions vont reprendre. C'est normal.

Je comprends alors que la raison pour laquelle j'ai une chance de tenir ma fille dans mes bras est que le placenta n'a pas l'air de vouloir sortir tout seul. Ma fille commence à téter et je constate qu'il existe en effet une ligne directe entre mes seins et les régions basses. Les nouvelles contractions sont bien moins douloureuses que les précédentes. Elles sont assez faibles pour que je puisse penser à autre chose.

Je peux penser à Eve.

Si je ne peux pas trouver le moyen de m'enfuir avec elle, son nom sera Eve. Mais cela pourrait être son nom quoiqu'il arrive. C'est joli. J'aime beaucoup.

Ses superbes yeux gris se figent dans les miens et je me dissous dans un torrent de larmes. Eve fronce les sourcils, mais je ne pense pas que cela soit à cause de moi. C'est la concentration. Téter a l'air épuisant. Au bout de quelques minutes elle s'arrête et s'endort, le mamelon toujours dans la bouche. Les contractions se poursuivent. La sage-femme est contente. Le placenta est en train de sortir.

Chapitre 9

Maintenant je le sais, c'est en Floride qu'on m'a gardée enfermée. Le voyage de retour en train jusqu'à New York n'en finit pas. Je regarde par la fenêtre, mais je ne ressens rien. Je suis comme anesthésiée. J'ai arrêté de ressentir quoi que ce soit lorsqu'ils m'ont enlevé Eve après ces quelques jours d'allaitement.

C'est de ma faute si je l'ai gardée si peu de temps et pas une semaine comme ils l'avaient prévu au départ, mais je n'ai pas de regrets. Il fallait que je tente de m'enfuir encore une fois. Je suis contente d'avoir essayé.

Manifestement, le fait de tenter de mettre le feu à la clinique n'était pas une si bonne idée, mais c'était la seule chose qui pouvait les conduire à déverrouiller toutes les portes. Je regarde le sac que m'a donné Maria en me déposant au train. Il y a une bouteille d'eau et deux sandwiches. Je suis assoiffée. En ce moment, je suis tout le temps déshydratée. Je me suis transformée en laiterie. C'est sans doute pour cela que j'ai besoin de liquide.

Sauf qu'il n'y a plus personne pour qui fabriquer du lait maintenant. Une des surveillantes ou plutôt des gardiennes m'a dit de chercher une banque de lait. Je ne savais même pas que de telles banques existaient. J'ai appris qu'il y en avait depuis le début du siècle. Celles qui en produisent trop peuvent aller *pomper* pour donner leur production à celles qui n'en ont pas assez.

Une des autres filles m'a déconseillé de le faire. Elle m'a dit que lorsqu'on pompe on entretient la machine et je ne veux vraiment pas faire ça. Elle a raison, je veux que cela s'arrête. Mais j'ai quand même soif. Je bois l'eau et mon regard se perd dehors à nouveau.

La mère adoptive d'Eve avait l'air affectueuse. Elle a été très gentille avec moi. Elle m'a dit qu'Eve allait beaucoup voyager. Son mari l'a fait taire. Il devait vouloir que j'en sache aussi peu que possible sur eux. C'était un peu ridicule, lorsqu'ils parlaient devant moi, il l'appelait ' *ma femme* ' au lieu de l'appeler par son prénom. Je n'avais jamais entendu un homme parler à son épouse comme cela. Il avait l'air très amoureux d'elle, mais pas vraiment fasciné par le bébé. *Femme* devra faire un effort pour qu'il s'attache à Eve.

Objectivement, la vie sera sans doute plus facile pour elle auprès d'eux qu'elle l'aurait été avec moi. Avant de partir j'ai demandé à *Femme* si elle dirait à Eve qu'elle a été adoptée et elle m'a dit que non. Peut-être que c'est mieux comme cela. Je ne suis pas sûre d'avoir eu un message à lui faire passer. Je prie pour qu'elle soit heureuse.

Je m'endors et quand je me réveille le sac de Maria a disparu. De toute façon, je n'avais pas faim. J'ai toujours mon sac. Je m'en servais comme d'un oreiller. Je fais l'inventaire. Deux jeans, trois tee-shirts et quelques sous-vêtements. Je porte encore une de mes robes-tentes. Tout ce qu'il y a dans ce sac est probablement trop petit. À commencer par les soutiens-gorge.

Au fond du sac, il y a quelques pièces de monnaie. Dans la poche avant je trouve un billet de train pour faire le trajet de New York City jusqu'à Long Island. Comme si j'allais retourner là-bas ! Je déchire le billet en petit morceau et c'est seulement au moment où je laisse les confettis tomber dans le cendrier que je réalise que j'aurai pu me le faire rembourser. Quelle connerie. Je me cogne la tête contre la fenêtre. Pourquoi suis-je aussi bête ?

J'ai besoin de trouver du travail. J'ai besoin de me construire une vie.

Je me rendors et je me réveille à Manhattan. Je sors du train puis de la gare. Au coin de la rue, il y a quatre cabines téléphoniques. Deux sont hors d'usage et une des deux autres est occupée. Je sors une pièce de ma poche et je compose le numéro de Ten. Silencieusement, je fais une prière pour qu'il décroche, mais à la quatrième sonnerie, j'ai le répondeur. Je déteste parler aux machines. Je suis sur le point de raccrocher quand je me ravise. La moindre des choses c'est de lui laisser un message pour lui dire que je vais bien.

La machine émet son signal sonore et je commence à parler.

– Ten, c'est moi... et puis je m'arrête parce que je ne sais pas quoi dire d'autre. Qu'est-ce que je peux lui dire, que je vais bien ? C'est pas vrai. Enfin pas vraiment. Je voulais juste te parler... un clic et puis sa voix.

– Lovey, c'est toi ?

Juste le fait d'entendre le son de sa voix et le surnom qu'il me donne me fait un bien fou. Je me sens submergée par mes émotions. Je ris et puis je pleure en même temps et j'arrive juste à trouver assez de souffle pour lui dire oui.

– Où es-tu Lovey ? Me demande-t-il, sa voix est étranglée.

– Penn station, je lui dis. En face de la poste.

– D'accord. Ne bouge pas. Reste où tu es. Je viens te chercher. Je serai là dans vingt minutes.

Je raccroche le téléphone et commence à faire les cent pas. J'ai passé tellement de temps enfermée dans ma chambre sans pouvoir voir mes pieds que le seul fait de marcher librement en regardant mes orteils est grisant. Il faut que j'apprenne à me concentrer sur les petites joies de la vie pour ne plus penser aux grandes douleurs. J'écoute d'une oreille indiscrète la conversation de la femme qui bavarde toujours dans la cabine. Elle raconte à une amie un cauchemar de rendez-vous arrangé. Elle est drôle et à entendre la description du sombre crétin avec qui elle devait passer la soirée, je ne peux m'empêcher de sourire.

– Alors il finit par me dire. Moi mon truc c'est pas les seins, c'est plutôt le derrière. T'imagines le culot de ce mec ? Alors je me suis levée et je suis partie... Ouais, t'as raison, cela lui a donné une chance d'apprécier mon sublime arrière-train et de réaliser à quel point il avait eu tort d'arriver en retard. Elle rit et jure que plus jamais elle se laissera persuader d'aller à un rencard à l'aveugle.

Je ne sais pas si c'est sa bonne humeur ou le rythme de la ville ou encore le fait que Ten est en route pour venir me chercher, mais je commence à me sentir mieux. Je regarde autour de moi. Juste de là où je suis, je peux voir une douzaine de restaurants. Je n'aurai pas de problèmes pour trouver un travail dans cette ville. Il faut juste que je me remette en forme et que je me rachète des vêtements. Pour ça, je dois récupérer mon carnet d'épargne que Martha cachait pour moi. Je pense qu'elle a dû le garder et qu'elle pourra me l'envoyer si je le lui demande.

Je fais encore les cent pas quand Ten arrive. Il porte un second casque autour du coude. Je cours vers lui et je le serre dans mes bras de toutes mes forces.

– Emmène-moi loin d'ici !

Il cligne des yeux et me donne le second casque. Je le mets et monte derrière lui. L'avantage de la robe que je porte est qu'elle est assez large pour me couvrir correctement. Les vibrations de la moto me sont douloureuses, mais ce n'est pas grave. Je suis libre. Vingt minutes de circulation d'heure de pointe et nous descendons dans le garage de son immeuble. Je descends de la moto et il se saisit de mon sac et d'une de mes mains pour aller jusqu'aux ascenseurs. Il me serre la main si fort qu'il me la broie presque, mais c'est bien. J'ai tellement besoin d'être rassurée.

Il y a foule dans le garage. Il y a des gens qui arrivent et qui repartent. Deux mécanos travaillent sur un moteur. Au moment où nous rentrons dans l'ascenseur, un autre couple nous rejoint. Ils vont au dernier étage. Nous descendons deux étages avant. Nous entrons dans l'appartement et en traversant le salon, Ten crie à la cantonade.

– Y'a quelqu'un ?

Personne ne lui répond. Nous sommes tous les deux seuls. Nous entrons dans la chambre de Ten et il claque la porte derrière nous, laisse tomber nos affaires sur son bureau et prend mon visage entre ses mains. Il m'étudie minutieusement comme pour s'assurer que tout va bien. Je vois qu'il est rassuré de me voir ici, mais qu'il est encore inquiet.

– Ta mère a dit que tu t'étais sauvée. Je ne l'ai pas crue une seconde. Si tu t'étais sauvée, tu serais venue chez moi ou tu aurais essayé de rejoindre Xander, tu n'aurais pas disparu.

Je secoue la tête. Je suis contente qu'il n'ait pas douté de moi. J'adore le fait qu'il ne l'a pas cru. Je sais que sa confiance et son affection pour moi, comme la confiance et l'affection que j'ai pour lui sont absolues.

– Que s'est-il passé ? me demande-t-il. Où étais-tu ? J'étais fou d'inquiétude à ton sujet.

Je veux tout lui dire, mais je ne sais pas par où commencer. Je serre mes bras autour de sa taille et pose ma tête sur sa poitrine. Il passe sa main dans mes cheveux.

– Allez, Lovey, parle-moi.

– J'étais en Floride, enfermée pendant des mois. Je lui dis et ma voix n'est plus qu'un souffle quand j'ajoute, Je viens d'avoir un bébé. Une petite fille et on me l'a prise.

Il me sert fort quand je lui parle de ma chambre sans fenêtres, de Maria et de Miguel. Je lui parle d'Eve, du fait que je n'ai pas pu la sauver, comment je me suis trahie moi-même. Je lui dis que je ne retournerai jamais chez ma mère.

Quand j'ai fini, il me dit, Pour le moment, il faut que tu te reposes. Tu vas rester avec moi au moins jusqu'à ce que tu aies repris des forces et que tu décides de ce que tu veux faire.

Sa voix est si froide, il me fait peur.

– Tu es fâché ? je lui demande.

Il me lève la tête pour regarder dans mes yeux.

– Je suis fou de rage, Bébé, mais pas contre toi. Il y a quelque chose de différent chez lui. C'est pas seulement qu'il m'appelle Bébé, ce qu'il n'a jamais fait avant. C'est quelque chose d'autre que je n'arrive pas à cerner.

Il fouille dans un tiroir pour trouver un très grand tee-shirt et me mène à la salle de bain adjacente. Il a une énorme douche. C'est autre chose que le minuscule espace qu'il y avait à la clinique.

– Voilà, Lovey, prépare-toi pour aller te coucher. Je sais qu'il est tôt, mais tu as l'air d'avoir besoin de dormir. Je serai juste à côté dans le salon. Si tu as faim plus tard on commandera quelque chose. Il me pose un baiser sur le front et dit, et si tu dors toute la nuit on parlera demain.

Je me déshabille en évitant de regarder le miroir. Je jette le papier que j'avais mis dans mes bonnets pour absorber les fuites. Ma poitrine me fait mal. Je rentre sous l'eau chaude et j'appuie sur mes seins pour faire sortir du lait et les dégonfler. La chaleur aide bien. Je me lave les cheveux et je profite de cette source presque infinie d'eau chaude.

Je me sèche puis enfile le tee-shirt de Ten avant de me glisser dans son lit. Je pose ma tête sur son oreiller et je respire son odeur, c'est doux et rassurant. Il n'est que six heures du soir selon la pendule sur la table de nuit, mais Ten à raison, je suis épuisée.

Je me réveille en sursaut. J'ai l'impression que je viens juste de poser la tête sur l'oreiller il y a deux secondes, mais la pendule me dit que cela fait plus de cinq heures. Ma poitrine est tellement gonflée que j'ai l'impression que je vais exploser. Ten est dans le lit à côté de moi. C'est étrange. Dans notre petit coin à nous sur la plage à Long Island je me suis allongée des centaines de fois à ses côtés, mais jamais dans un lit. Il a laissé la lumière allumée dans la salle de bain et la porte entre-ouverte. C'est adorable de penser à des choses comme ça.

Dans la pénombre je vois qu'il est allongé sur le côté appuyé sur un coude en train de me regarder. Ce qui est vraiment bizarre c'est que ce n'est pas mon visage qu'il fixe. Il regarde un peu plus bas. Je suis son regard et je me rends compte que l'avant du tee-shirt est trempé. Je fuis. J'aurai dû remettre mon soutien-gorge avec du P.Q. dedans. J'ai oublié.

– Ça fait mal ? me demande-t-il.

– À peine, je lui réponds en mentant. Ce n'est pas terrible. Enfin, cela ne le serait pas si je n'avais pas l'impression que je vais exploser. Cela va finir par passer, il faut attendre.

– Je pense que je peux t'aider, dit Ten timidement.

– Ah bon ? La surprise dans ma voix est indéniable.

– Oui, mais j'ai peur que tu penses que je suis un malade.

– Je ne penserai jamais cela de toi, j'ajoute en rigolant, C'est sûr t'es un peu dérangé puisque tu m'as choisie comme meilleure amie, mais un malade, sûrement pas.

– D'accord, mais tu fermes les yeux.

Ma confiance en Ten est telle que je ferme les yeux sans hésiter. Je ne les ouvre pas alors même que je sens qu'il remonte mon tee-shirt jusqu'à mon cou.

Je frissonne quand je sens une de ses mains se poser sur un sein et ses lèvres sur le téton. Ça marche. Il est d'une douceur incroyable et le soulagement est presque instantané. Je pose la main sur la tête de Ten et passe mes doigts dans ses cheveux. Je le laisse sur un sein pendant un moment puis le guide vers le second.

J'ouvre les yeux pour le regarder. Les siens sont fermés et l'expression sur son visage est si intense que je ne sais qu'en penser. Il a raison. Ce que nous sommes en train de faire nous ferait sans doute passer pour des malades aux yeux des autres, mais je n'ai pas le moindre doute que c'est un geste d'amour pur et absolu. C'est incroyablement intime sans être sexuel. Je referme les yeux avec l'impression d'avoir triché en le regardant.

Il se recule et avec sa voix la plus tendre, il m'interroge.

– Comment te sens-tu maintenant ?

– Beaucoup mieux, merci.

Il me prend dans ses bras et s'allonge sur le dos en m'emportant avec lui.

– Qu'est-ce que tu as ressenti ? Je lui demande en regardant son beau visage.

Il réfléchit un moment et dit, j'ai senti ta confiance et ton amour. Lovey, avec toi je me sens toujours aimé.

Je ferme les yeux et je repense à ce jour de Noël sur la jetée. Il avait suffi d'un regard pour que nous comprenions que nous étions venus dans le même but. Nous étions fatigués des jeux auxquels les adultes jouaient et nous voulions descendre de ce manège infernal.

Je me rendors en me disant qu'on a eu bien de la chance de se trouver ce jour-là.

Chapitre 10

Ten entrebâille la porte de la cuisine et demande, Tout est prêt ?

– Presque, je lui réponds. Nous avons encore le temps, on les a invités pour vingt heures.

– Tu es certaine que je ne peux pas t'aider ?

– Non tu as tes exams dans quinze jours, tu as besoin de super-notes pour avoir un stage dans un bon cabinet d'avocats, je ne veux pas de toi dans *ma* cuisine, je lui réponds en grognant.

– Mais laisse là donc tranquille, si elle ne veut pas de ton aide, tu devrais remercier le ciel et t'estimer heureux, dit une belle voix basse.

– Ah non Andy. Il y a comme un malentendu. Je n'ai jamais dit que je voulais pas d'aide, j'ai juste dit que je voulais pas celle de Ten. Il faut qu'il bosse. Mais ton aide je la veux bien, Monsieur l'Agent.

Ten s'enfuit en disant à Andrew, T'as encore perdu une belle occasion de te taire, M'sieur l'Agent.

Andrew rentre dans la cuisine et me fait un salut réglementaire.

– Qu'est ce qu'j'peux pour vot'service, M'dame.

Andrew adore faire l'andouille et ne rate jamais une occasion de me faire rire. Je lui donne une pile de cendriers à placer stratégiquement dans le salon et lui donne l'ordre de revenir pour une mission encore plus essentielle lorsque celle-là sera achevée. On va pousser les meubles pour se faire une piste de danse. Je le fais bosser un peu et quand tout est prêt je lui promets que le jour où il préparera son examen de sergent ou de commissaire je le dorloterai et qu'il aura tout le temps de réviser.

Je vais dans ma chambre pour me préparer. Je n'ai jamais été aussi légère de ma vie. Reste tout de même qu'à poil je me trouve épouvantable. La grossesse m'a laissé des vergetures partout. Avec des vêtements, je fais illusion. Entre la naissance d'Eve en septembre et ce soir de Nouvel An, je me suis reprise. Ce soir, j'inaugure un pantalon de cuir noir et une chemise en soie noire. Les deux sont le cadeau de Noël de Ten. Il m'a aussi donné un collier fantaisie de grosses perles noires qui appartenait à sa grand-mère. Elle adorait les bijoux et c'était de la bonne qualité pour avoir survécu toutes ses années. En dehors des trucs en toc, Jane Clark portait de belles pièces. Je me souviens qu'elle avait une alliance en or et puis une bague de fiançailles. C'était une pierre bleue avec un petit diamant de chaque côté. Je mets le collier et je regarde le résultat dans le miroir. Pas mal pour un 44.

Oui, mais il n'y a qu'à Alexander que j'ai envie de plaire.

Je sors de ma chambre et Andrew me siffle.

– T'es superbe.

Je lui fais une parodie de révérence en lui répondant, t'es pas mal non plus.

Au lieu de son tee-shirt habituel, il a enfilé une chemise blanche qu'il a glissée dans son jean. Ça ne lui va pas mal. Il tient un verre de scotch à la main et il a l'air un peu parti. Oh ! merde. Cet homme ne tient pas l'alcool. Une bonne chose qu'il boit rarement.

– Si t'étais pas déjà prise, je tenterais ma chance.

Mon sourire disparaît. Pourquoi veut-il me faire penser à Alexander ? Xander Wild est toujours en Europe. Le dernier concert de sa tournée c'était hier soir. Aujourd'hui, cela fait un an que je ne l'ai pas vu. Je ne lui ai même pas reparlé une seule fois depuis.

Ce qu'Andrew raconte n'a pas d'importance, je ne suis pas 'déjà prise' par qui que ce soit et surtout pas par son frère.

À en croire les délires alcoolisés d'Andrew, Alexander pense que je suis toujours sa nana et que j'attends son retour. Mais si c'était le cas, il m'aurait appelée, non ? Quand j'y pense je ressens de grosses bulles de colère qui explosent.

– Ton frère n'est pas là, je déclare à Andrew en me jetant sur lui, et si tu ne tentes pas ta chance ce soir ou en tout cas avant que je me trouve quelqu'un tu ne sauras jamais ce que tu as raté.

Andrew me repousse et me tient à bout de bras avec une fausse expression horrifiée sur le visage.

– Xander me les arracherait, me les ferait sauter à la poêle et me les ferait manger s'il me surprenait en train de te mater. Sérieusement, ne lui dis jamais qu'on partage la même salle de bain ou que j'y suis entré pendant que tu prenais ta douche !

– Quoi ?

L'interphone sonne et Andy court y répondre. Sauvé par le gong, dit-il.

– Cette conversation n'est pas terminée.

– Mais si elle l'est, me répond Oliver. Tu sais bien qu'il dit n'importe quoi quand il a bu.

– Ah, génial t'es là, je t'avais pas entendu rentrer. Ça va ? je lui demande.

Oliver est notre autre coloc. Il est interne et d'habitude quand il rentre de l'hôpital il s'effondre sur le lit.

– Oui Maman, Oliver se moque souvent de la façon dont je le materne, mais je crois que secrètement il adore. Qui n'aimerait pas ? J'adorerais que quelqu'un s'occupe de moi comme je m'occupe d'eux. Je ne suis pas juste, Ten fait très attention à moi et Andrew et Oliver sont, eux aussi, attentionnés à mon égard.

– Ma dernière garde était calme, j'ai pu dormir un peu, me dit-il. Ça ira.

Ten sort de sa chambre alors que je me rends à la cuisine pour sortir des glaçons. Je me retourne et je regarde mes trois mousquetaires prêts à accueillir nos invités.

– Prêts à faire la fête ?

– Absolument, répondent-ils en cœur.

Nos amis arrivent et bientôt la soirée s'anime. J'ai demandé à un des cuisiniers au boulot de m'aider à mitonner un buffet froid et maintenant que la table est mise je n'ai plus rien à faire. Oliver nous a préparé une cassette qui alterne chansons rapides et chanson lentes et des couples se forment au milieu de la pièce. Lorsqu'on arrive à la partie des slows, il baisse la lumière et attrape une des jolies internes qu'il a invitée. Je les regarde danser jusqu'à ce que j'entende une chanson que j'adore, *My First, My Last, My Everything*. Ten me prend par le coude et me fait danser.

– J'ai décidé que cela sera notre chanson, danse avec moi, me dit-il.

Je lève les yeux vers lui en bougeant doucement au rythme de la musique et mon cœur est tout gonflé.

– Est-ce que je t'ai déjà dit à quel point je t'aime ? Je lui demande.

– Juste un million de fois, plaisante-t-il.

– Je ne sais pas ce que je serais devenue sans toi.

– Chut, dit-il en pressant ma tête contre lui. J'ai sans doute plus besoin de toi que tu n'as besoin de moi, Lovey.

Je n'arrive même pas à imaginer ce qu'aurait été ma vie sans lui. Je sais bien que je lui apporte un peu de l'affection qu'il aurait dû avoir quand il était petit garçon, mais je ne suis pas certaine que ce soit la moitié de ce qu'il a fait pour moi.

C'est mon sauveur, c'est mon port d'ancrage.

Il m'a donné la confiance en moi dont j'avais terriblement besoin pour me présenter à un entretien pour un travail que je n'aurais jamais espéré décrocher. Sans lui, je n'aurai même pas postulé pour devenir l'assistante de Marc Martin. Je n'avais d'ailleurs même pas entendu parler de ce magnat de la restauration avant que Ten me montre l'annonce.

Ten avait fait des recherches à propos de cet homme et appris que, tout comme moi, il avait commencé dans le restaurant de ses parents. Il s'était enfui de France et avait été engagé à seize ans sur un navire de croisière qui l'avait emmené jusqu'à New York comme assistant de base en cuisine.

Ten avait eu raison. Marc Martin était le genre à engager une fille de mon âge sans diplômes, mais avec une expérience semblable à celle qui avait été la sienne.

Je me suis éclatée à travailler pour lui au cours des deux derniers mois et c'est à Ten que je le dois. Ten m'a trouvé mon premier boulot, un endroit où vivre et des colocataires de rêve.

Il n'y a qu'une chose qui manque dans ma vie. J'ai besoin de tomber amoureuse et d'oublier Alexander. Il me manque tellement que cela me fait mal quand je pense à lui. C'est comme si j'avais une boule de lave en fusion dans la poitrine et je ne peux plus respirer.

Et c'est l'effet que me fait la nouvelle chanson qui passe. C'est une tendre ballade qu'Alexander a écrite à propos d'une fille à qui il jure un amour éternel en utilisant mes propres mots ' Personne, jamais personne avant toi et je ne souhaite personne, personne après toi. '

La première fois que je l'ai écoutée, je voulais mourir.

– Je sais qu'il te manque, Lovey, dit Ten. Mais tu sais que c'est un musicien. Et merde, tu l'as même poussé à partir en tournée. Tu ne peux pas lui reprocher d'être parti.

– Mais non, c'est mort. C'est terminé, sinon pourquoi ne m'a-t-il pas appelée ? Je lui demande. Je sais qu'il appelle sa famille. Il a même appelé ici et parlé à Andrew. Alors pourquoi pas à moi ?

– Sans doute parce qu'il pense que le téléphone n'est pas le bon moyen de communiquer avec toi, répond Ten.

Je hausse les épaules, cette explication ne tient pas la route, mais Ten n'abandonne pas.

– Il a pris ton nom de famille comme nom de scène. Il a écrit des chansons sur toi. Tu sais combien de filles seraient prêtes à tout pour qu'il parle d'elles comme il parle de son amour pour toi ?

Il a peut-être raison. Il n'a toujours pas enregistré celle que nous avons écrite ensemble, mais celle sur laquelle nous dansons est très belle et je sais qu'il l'a écrite pour moi en utilisant mes mots.

Je voudrais juste que la star Xander Wild rentre de tournée pour récupérer mon Alexander. J'ai entendu Andrew dire que sa tournée s'achevait avec son concert à Londres hier. Il sera de retour bientôt et l'idée de le revoir me fait frissonner. On repasse à de la musique rapide et Ten me lâche. Je recommence à jouer la maîtresse de maison et à m'assurer que tout le monde a ce qu'il lui faut.

J'entends de puissants hauts le cœur dans la salle de bain. Je frappe à la porte et tente de la poignée. L'imbécile qui est en train de vomir a fermé la porte à clef.

– Allez-vous-en, laissez-moi tranquille. *Merde c'est Andrew.*

Je vais dans la cuisine chercher une fine brochette que je fais glisser dans le trou de la poignée pour forcer la serrure.** Je trouve un Andrew inconscient et ferme la porte à clef derrière moi. Je soulève sa tête de la cuvette et le repousse contre le mur. Je prends une serviette sur une étagère et fais couler de l'eau froide dessus. Mon Dieu que ça pue dans la pièce.

Je tire la chasse et m'agenouille devant lui pour lui essuyer la bouche et enlever je ne sais quoi de répugnant de ses cheveux. Beurk ! Je replie la serviette en deux et la pose sur son front. Il a grosse bosse dessus. Il s'est sans doute assommé sur le siège des toilettes. Ses yeux papillonnent et s'ouvrent. Il regarde la porte fermée et puis me regarde.

– Comment es-tu entrée ? me demande-t-il avec une voix un peu hésitante.

– Je me suis glissée sous la porte, je lui réponds et l'observe en train d'assimiler cette réponse. C'est drôle, car son regard fait des aller-retour entre le bas de la porte et moi comme s'il se demandait vraiment si ma réponse était plausible.

– Allez Andy, lève-toi, on va au lit, je lui dis en lui tirant les deux bras pour l'aider à se lever.

– Je voudrais bien aller au lit avec toi, me dit-il, mais je suis sérieux, Xander me tuerait.

– Je crois pas que tu vas pouvoir te faire autre chose que ton oreiller ce soir, je lui réponds en riant et en tentant de le faire demeurer à la verticale. J'ouvre la porte et le raccompagne jusque dans sa chambre. Je l'assieds doucement sur son lit et déboutonne sa chemise qui est pleine de choses à moitié digérées. Je roule la chemise en boule du bout des doigts et lui enlève ses chaussures et ses chaussettes.

Si j'avais eu des vues sur Andrew, je crois qu'elles auraient définitivement disparu ce soir. Je demanderai à Oliver ou à Ten de finir de le déshabiller plus tard. Je l'allonge à plat ventre avec une main à plat sur le sol. Je ne sais plus qui m'a dit que ça pouvait aider quand on a la tête qui tourne.

Il est presque minuit et tout le monde a les yeux rivés sur la télé sur laquelle on peut voir la foule à Time Square. Tout le monde sauf Ten qui me cherche des yeux. Quand il me voit, il me sourit et je me précipite vers lui pour qu'au moment où s'achève le compte à rebours je sois dans ses bras. Nous nous souhaitons une bonne année.

1980 sera forcément mieux que 1979.

Je cherche Oliver, mais sans le trouver. Je vois que l'interne avec laquelle il dansait a aussi disparu et que la porte de sa chambre est close. Ils célèbrent en privé l'arrivée de la nouvelle année. Mon esprit fait un saut de 365 jours dans le passé et je m'interdis d'y rester. Pas ce soir. Ce soir je ne vais pas céder à la mélancolie. Ma vie est belle et je vais en profiter.

Un peu plus d'une heure plus tard nos amis sont partis. Je range dans la cuisine quand la porte sonne. Ten se précipite et l'ouvre à un très beau garçon qui l'attrape et l'embrasse passionnément. Je veux regarder ailleurs, mais je n'y arrive pas. C'est la première fois que je vois deux hommes qui s'embrassent et je suis fascinée. Je veux demander à Ten pourquoi il ne l'a pas invité à notre soirée, mais je n'en ai pas la possibilité.

L'inconnu me fait un clin d'œil.

– Bonjour, tu dois être Lyv. Bonne année à toi petite fille, je te vole ton garçon pour la nuit.

Il recule dans le couloir de l'immeuble en prenant Ten par la main et disparaît avec lui.

J'espère bien qu'il habite dans l'immeuble sinon Ten va attraper froid dehors.

Il faut que j'arrête d'être aussi mère-poule. En parlant de mère-poule, il faut que je jette un œil sur Andrew. C'est ce que je fais et, bien sûr, il a de nouveau vomi. Au moins, il est resté sur le ventre et ne s'est pas étouffé. Quand va-t-il enfin comprendre qu'il ne peut pas boire ?

Je recommence à ranger un peu la cuisine et puis je me dis que je ne peux pas le laisser comme cela. Je troque mon pantalon de cuir et ma chemise en soie contre un grand tee-shirt de Ten et retourne m'occuper d'Andy. Je finis de le déshabiller et il est complètement dans les vapes. J'espère que c'est ce qu'il a bu et pas le choc qu'il s'est fait en s'assommant. J'arrive à le lever et je le traîne tant bien que mal jusqu'à la salle de bain. Je lui enlève le reste de ces vêtements sauf son slip et règle la température de la douche puis je l'entraine sous l'eau avec moi.

Je ris toute seule en pensant qu'il y a des chances que ma fille de trois mois soit moins dure à gérer que les trois supposés adultes que je materne.

Bon, maintenant qu'il est propre, qu'est-ce que j'en fais ? Je ne peux pas le remettre dans son lit qui est répugnant. Je crois que je vais jouer aux lits musicaux. Je vais mettre Andy dans le mien et moi j'irai dormir dans celui de Ten.

J'enveloppe un Andy instable et presque nu dans une serviette et le voilà qui devient bavard alors que je le sèche. Il raconte que, depuis qu'il m'a matée sous la douche, il a ce fantasme dans lequel il me lave les cheveux. Alors être sous la douche avec moi c'était comme un rêve qui se réalisait sauf que j'ai gardé ce tee-shirt idiot et qu'il est trop imbibé pour se mettre au garde-à-vous... J'avais pas besoin de tous ces détails, merci. Quand il aura dessoûlé, il faudra qu'on rediscute de cette histoire de douche.

Il est encore plus déboussolé lorsqu'il réalise que je l'amène dans ma chambre et que je le couche dans mon lit. Il s'excuse profusément et me promets que demain son incident technique sera réparé.

– Je n'en doute pas, Andy. Demain, ton problème se sera déplacé vers la tête. Tu vas avoir une gueule de bois d'enfer.

J'éteins la lumière et m'installe dans la chambre de Ten. Le tee-shirt mouillé abandonné sur le sol de sa salle de bain, je m'effondre dans son lit. Je suis épuisée. Je crois que demain je vais dormir toute la journée.

** Aux États-Unis, le verrou des portes de salle de bain se décoince en entrant une tige métallique dans un trou au cœur de la poignée.

Chapitre 11

J e rêve du restaurant dans lequel je vais travailler la semaine prochaine quand une voix fait dérailler mon rêve. C'est la voix d'Oliver qui est amusé et curieux.

– Hey Lyv ! Réveille-toi. Le portier a sonné. Tu as une visite. Je suis allé dans ta chambre pour te réveiller et j'ai trouvé Andrew dans ton lit, je me suis dit que j'allais demander à Ten où tu étais passée et voilà que tu es là.

Il est bien trop tôt pour qu'il me réveille. Il est bien trop tôt pour faire autre chose que dormir. Je grogne.

– Laisse-moi tranquille, c'est trop compliqué à expliquer de si bon matin, je lui dis de dessous la couette.

Me démontrant qu'il a l'ouïe fine, Oliver me répond en riant.

– Oh, mais moi je m'en moque de savoir où tu dors. Je voulais juste te prévenir parce que j'en connais un qui est en route et qui va te demander une explication. Si t'en as pas une de prête, dépêche-toi de trouver quelque chose.

Et maintenant, je suis curieuse. Je sors la tête de sous la couette et j'ouvre les yeux. Comme j'ai pas tiré les rideaux parfaitement hier soir, il y a un peu de lumière du jour dans un coin de la pièce. Oliver est debout dans l'ouverture de la porte en slip. Je plisse les yeux et oui, il est à l'envers. Drôle de façon de commencer l'année pour lui qui est toujours si soigneux de son apparence.

Je remue mes méninges encore embrumées en me demandant à qui je pourrais bien devoir une explication. Cela ne peut pas être la Reine de la Banquise parce que la mère de Ten est partie pour je ne sais quelle destination exotique pour les fêtes. Cela ne peut pas être James senior, il est à Acapulco pour l'hiver. Cela peut pas être le mec de Ten parce qu'ils sont ensemble et cela ne peut pas être Ten parce qu'il s'en tape que je dorme dans sa chambre. En fait, il sera content que ce soit moi plutôt qu'Andrew qui aurait encore pu s'oublier dans son lit.

Mon cerveau est encore engourdi par le manque de sommeil alors je donne ma langue au chat.

– Mais de qui parles -tu ? je lui demande.

La porte sonne et Oliver s'en va sans me répondre. Il part en laissant la porte entrouverte.

Je l'entends ouvrir la porte et parler à quelqu'un.

– Elle est dans la chambre de Ten... ne me demande pas, j'en sais rien. Je m'en tape, je retourne me coucher... ah oui, bonne année.

Maintenant, je suis tout à fait réveillée et il y a cette lueur d'espoir qui vient de s'allumer. La seule autre personne à qui je pourrais devoir expliquer ma présence ici est Alexander. Ce serait lui ? Je veux bondir hors du lit pour voir, mais je suis nue. Au lieu de sortir du lit, je ferme les yeux et je prie. Quand je les ouvre à nouveau, la porte est grande ouverte.

– C'est toi ou je rêve ? je lui demande en m'asseyant sur le lit, enroulée dans la couette.

– À ton avis ? Il sourit et fait un pas dans la chambre en fermant la porte derrière lui.

– Si tu n'es pas un rêve, il faudrait que tu mettes le loquet, je lui dis.

Il rit et se retourne pour fermer. Il laisse tomber son sac sur le sol et son manteau sur le bureau de Ten. En trois pas, il est près du lit et se pose face à moi. Je passe le bout de mes doigts sur son visage pour vérifier que je ne rêve pas, qu'il est vraiment là. C'est bien plus agréable que de me pincer.

Je voudrais me mettre en colère et lui crier, 'Ton frère est mon coloc. Andrew t'a dit que j'avais eu un enfant et tu ne réagis pas. Pourquoi est-ce que tu ne m'as pas appelée ? Pourquoi tu ne m'as pas écrit ?', mais au lieu de cela, je soupire.

– Tu m'as tellement manqué.

Il pose ses mains sur mes épaules et me tire vers lui. Ses lèvres se posent sur les miennes et je suis à nouveau complète. Son baiser est si tendre, peut-être plus encore qu'avant. Ou alors j'avais oublié. J'avais cru que je l'avais perdu pour toujours. Je le veux, je veux être avec lui, à lui sans condition. Je m'accroche à lui de toutes mes forces. J'ai un besoin de lui irrésistible.

Mes mains s'attaquent à sa ceinture et sur la fermeture de son pantalon. Je sens ses jambes qui remuent. Il est en train d'enlever ses chaussures. Il arrête de m'embrasser le temps d'enlever son pull. Il enlève son pantalon et sort un préservatif qu'il fait apparaître comme par magie.

Je me déplace jusqu'au centre du lit pour lui faire de la place. Il se glisse sous la couette et sur moi. Il enfouit son visage dans mon cou et entre en moi trop vite. Je sursaute. Il me fait mal. Ma tête est plus prête que mon corps. Il s'immobilise un instant, le temps que je me détende. Quand j'y arrive il ne se retient pas, il s'élance une fois, deux fois et la troisième fois il grogne.

– Tu es à moi, rien qu'à moi, dit-il avant de s'écrouler sur moi.

La frustration est un mot trop faible pour décrire ce que je ressens à cet instant.

J'ai dû grogner parce qu'il éclate de rire et s'excuse.

– Je suis désolé, Love, j'ai pas pu me contrôler. Je te promets qu'après avoir dormi un peu je vais me rattraper.

Il essaie de rouler sur le côté, mais je le retiens.

– S'il te plaît, reste, j'ai besoin de toi.

– Je ne t'écrase pas ?

– Si, mais cela me fait du bien. J'ai l'impression d'être à nouveau en vie, je lui réponds.

Il rit. Au moins, il y en a un de nous deux que ma frustration amuse. Pour moi elle est simplement... frustrante. Il me libère d'une partie de son poids en s'appuyant sur les bras. Je regarde son visage et je passe mes doigts dans ses cheveux. Ils sont bien plus courts que l'année dernière. L'épaisse tignasse sombre à laquelle je pouvais m'accrocher a disparu.

– Qu'est-ce qui est arrivé à tes cheveux ?

– En octobre, je me suis rasé la tête, me dit-il.

– Mais pourquoi ? Je suis curieuse. Je sais qu'il est un peu coquet et je ne vois pas pour quelle raison il aurait renoncé à sa magnifique chevelure.

Avec l'air un peu gêné, il me confesse sa raison.

– C'était une promesse que je m'étais faite à moi même. Quand tu as disparu, je m'étais juré que je le ferais si je te retrouvais.

– C'est adorable, je lui dis en tirant son visage vers le mien. Je l'embrasse sur le bout du nez, sur les yeux, sur le menton avant d'aller mordiller ses lèvres. Je lui pardonne presque son fiasco de trente secondes. Tu ne m'as jamais perdue même si j'ai pas été à la hauteur.

– Qu'est-ce que tu racontes ? me demande-t-il.

– Parce que je les ai laissés prendre notre fille, lui dis-je. Mes yeux se remplissent de larmes et je cligne des yeux pour les chasser. Je voudrais qu'aujourd'hui soit une journée joyeuse, mais je ne peux pas les retenir alors je lui avoue, Je suis désolée. Je me suis battue autant que j'ai pu, mais je n'ai pas été à la hauteur, je l'ai trahie, je t'ai trahie et je me suis trahie.

– Chut. Tu m'as moi et on peut refaire un bébé quand tu veux. Tu n'as qu'à me le demander et on en met un autre en route.

– Vraiment ?

– Vraiment, mais j'ai un aveu à te faire, me dit-il. J'étudie son visage pendant qu'il cherche ses mots. Je n'ai pas la moindre idée de ce qu'il va me dire.

– Love, il faut que tu comprennes que ton bébé, pardon, notre bébé, est tout à fait abstrait pour moi. Je ne l'ai jamais vu. Je ne t'ai jamais vue pendant que tu attendais notre enfant. Merde, je ne savais même pas que tu étais enceinte avant qu'Andrew me le dise au mois d'octobre. Avant cela, je savais juste que tu avais disparu pendant mon absence.

Il s'arrête et réfléchit.

– Ce que je tente de te dire c'est que même si je suis de tout cœur avec toi, je ne peux pas partager ta peine.

Il roule sur le dos et je pose ma tête sur son épaule et tente de digérer ses explications. La partie logique de mon cerveau comprend que ce qu'il me dit n'est pas absurde. Eve ne peut pas lui manquer puisqu'il ne l'a jamais vue. Elle ne peut pas être aussi réelle pour lui qu'elle l'est pour moi. Reste tout de même que je suis blessée qu'il ne partage pas ma peine. Cela créé une distance entre nous. Ten avait compris et il a porté le deuil du bébé avec moi. Pourquoi Alexander ne peut-il pas ressentir la même chose ?

Je me sermonne et je me concentre sur le positif, il dit aussi qu'il est prêt, si je veux, à faire un autre enfant. Il faut que je dorme parce que je ne peux pas réfléchir quand je suis aussi fatiguée. Il doit l'être aussi parce qu'il ronfle déjà. Je ferme les yeux et retourne au pays des rêves.

J'ai un sourire en pensant à ce qu'il m'a promis pour mon réveil.

Chapitre 12

J e suis heureuse. Ma vie est parfaite. J'ai presque peur de me le dire. Je crains de me porter la poisse.

Enfin, elle est parfaite si je ne pense pas à Eve. Je pense encore à elle tous les jours, mais j'apprends à vivre avec cette douleur et à abandonner ma colère contre ma mère. La colère et la haine bouffent trop d'énergie et j'ai des choses plus productives à faire avec ma vie.

Alors oui, ma vie est parfaite. J'ai un travail que j'aime, j'ai un chez-moi, un vrai chez-moi. C'est pas juste un endroit où je rentre le soir. C'est un droit où je suis vraiment chez moi, un endroit où je retrouve ma famille. C'est une drôle de famille composée de quatre mecs super que j'adore.

Il y a Ten bien évidemment. Il est un peu moins dispo en ce moment parce qu'il rattrape avec son amant le temps perdu pendant la période des exams. Il n'a toujours pas ramené ce garçon à la maison et ne nous a pas donné son nom, mais j'ai soudoyé le gardien pour avoir des informations. Giovanni est bien un mannequin qui tente de devenir acteur et qui vit le plus souvent en Italie. Je ne comprends pas pour quelle raison Ten est si discret à propos de cette relation. Peut-être est-il amoureux ou alors c'est tout le contraire, c'est juste une histoire de cul ?

Ensuite il y a Oliver. Il travaille comme un malade. Il continue ses rotations et n'arrive pas à se décider sur le choix d'une spécialité. Je le pousse vers la gynécologie parce que cela m'arrangerait bien. Ce serait pas mal d'avoir un obstétricien à portée de main puisque nous tentons de mettre un nouveau bébé en route. Sinon un urgentiste ce serait pas mal aussi.

On a revu une fois ou deux la jolie petite interne qu'on avait rencontrée en décembre, mais on en a aussi rencontré d'autres. Pour éviter la confusion, il les appelle toutes *Bébé*. Cela nous facilite la vie. Je crois qu'il prend le concept de rotation au sein des différents départements de l'hôpital un peu trop à cœur.

Puis il y a Andrew, le frère d'Alexander qui continue de s'excuser à propos de l'incident du Nouvel An. Il jure qu'il ne m'a jamais regardée sous la douche et que c'était un délire dû à l'alcool. Je ne le crois qu'à moitié, mais je ne vais pas en faire un drame. Il a décidé de ne plus rien boire de plus fort que la bière.

Je le pousse à préparer les examens internes à la police pour monter en grade. Si je le fais, c'est parce qu'il dit qu'il n'est pas satisfait de son sort. S'il était je le laisserais tranquille, mais il passe son temps à râler sans rien faire pour changer sa situation.

Enfin, il y a Alexander qui s'est installé avec nous depuis le début de l'année. Il doit encore passer quelques mois en studio à New York avant de reprendre la route. Il est très occupé avec les sessions d'enregistrement et moi je suis prise avec le travail alors, le moins qu'on puisse dire c'est qu'on n'est pas l'un sur l'autre.

En ce moment, j'achève le chantier de rénovation d'un nouveau restaurant qui va être extraordinaire. Je suis la première assistante de Marc et, maintenant qu'il vient de fêter ses soixante ans il a décidé de ne plus bosser le week-end. Du coup, mon emploi du temps est plus léger qu'au moment où j'ai commencé. Maintenant, il m'arrive d'avoir des week-ends.

Dimanche dernier, j'ai passé la journée dans le studio d'enregistrement avec Alexander. Après le départ du reste de son groupe, nous avons fait une maquette de la chanson que nous avions écrite l'année dernière. Juste lui au piano et nos deux voix. J'étais toute excitée quand j'ai entendu l'enregistrement. La chanson est faite pour être chantée en duo. Il faut qu'il trouve une chanteuse de qualité pour inclure la chanson dans l'un de ses prochains disques.

Ce soir on a un rendez-vous, mais la semaine a été longue et ce que j'ai vraiment envie de faire c'est de me coucher au lieu d'aller traîner dans un bar enfumé.

En entrant dans l'appartement, je lance notre cri habituel.

- Y'a quelqu'un ?

Je vais dans la cuisine me servir un verre d'eau. J'ai tout le temps soif en ce moment. J'essaye de me rappeler si j'avais soif quand j'attendais Eve. Je ne m'en rappelle pas, mais je n'y aurais pas prêté attention puisque je ne savais pas que j'étais enceinte. L'appartement est parfaitement silencieux. C'est étrange, d'habitude le vendredi à cette heure-ci tout le monde est là. Peut-être Alexander a-t-il pu bénéficier d'une rallonge au studio et il en profite. C'est pas plus mal, je vais pouvoir faire une petite sieste pour me reposer avant de sortir.

J'ouvre la porte de la chambre et je trouve Alexander assis au pied du lit, ses coudes sur ses genoux et la tête dans ses mains. Je ferme la porte derrière moi et quitte mes chaussures. Je monte sur le lit et je m'agenouille derrière lui pour lui masser les épaules. Certains jours les sessions de travail sont difficiles et il rentre tout tendu. Mes massages lui font du bien.

– La journée était dure ? je lui demande.

Il se lève comme si mes mains étaient aussi brûlantes que des charbons ardents. Je lève les yeux vers lui.

– Qu'est-ce qui ne va pas ?

– Tout, dit-il avec l'air le plus défait que je lui ai jamais vu.

– Tout ? Je ne comprends pas.

– Oui, quelle partie de *tout* t'échappe ? aboie-t-il.

Je ne réponds pas tout de suite, mais je prends une grande respiration et je compte jusqu'à dix dans ma tête en réfléchissant à ce qu'il vient de dire. C'est une technique que Marc Martin m'a apprise au boulot quand il a compris que je n'avais qu'une seule façon de réagir aux agressions, la contre-attaque. C'est un peu comme si j'avais épuisé toute ma capacité de faire le dos rond avec la Salope. Lorsqu'il m'a rencontrée, je refusais de battre en retraite, je me défendais contre le reste du monde.

La méthode de Marc fonctionne. Je prends une deuxième respiration et je continue de compter lentement dans la tête au lieu de hurler que *tout* cela ne peut pas aussi vouloir dire nous deux. Alexander tombe à genoux devant moi sur le sol devant le lit et pose ses mains sur mes jambes. Il me regarde comme si j'étais un chiot qu'il allait déposer dans un refuge pour le faire piquer.

– Je suis désolée, Love, me dit-il et mon cœur s'arrête. *Tout* ne veut pas dire tout. Cela veut juste dire nous. Mon cœur redémarre et je sens le sang battre dans mes tempes. J'ouvre la bouche pour tenter de respirer. Je crois que quelque chose en moi vient de se briser en petits morceaux. Il ne m'aime plus. Toutes mes certitudes disparaissent à la vitesse de la lumière. Bien sûr, il me voulait, mais c'est terminé. La seule raison pour laquelle il me voulait c'était parce que je lui avais échappé. Je lui avais échappé deux fois. J'étais un véritable défi parce que la seconde fois je lui avais échappé de façon spectaculaire. Maintenant que je suis ici, toute à lui, à sa disposition, la magie s'est envolée.

Je ferme les yeux et ravale les questions qui me viennent. Est-ce que ces quelques semaines de bonheur parfait pour moi ont été un enfer pour lui ? Je ne dirai pas un mot. Il faut que je sauve la face. J'ai envie de m'enfuir et de me cacher, mais où pourrais-je aller ? C'est ici chez moi, ici que je suis supposée être en sécurité. Ses bras étaient mon refuge. Est-ce que j'ai été complètement aveugle ? Mais pourquoi suis je si bête ? Je cligne des yeux rapidement pour refouler mes larmes et je serre les lèvres pour ne rien dire. J'ai peur du son qui va sortir de ma bouche si je l'ouvre. J'avale ma salive. Je garde ma dignité.

– Dis quelque chose, Love, me dit-il. Je secoue la tête et me pose sur mes talons. Si je n'ai nulle part où me sauver cela veut dire qu'il doit partir. Je n'ai pas la force de le lui demander.

Mes mains sont posées sur mes cuisses et la seule chose que je vois c'est leur taille. Il suffit de quelques secondes pour que mon chagrin balaye toute la force que je tirais de ce que je croyais être l'amour d'Alexander. Je n'ai rien à dire. Si c'est terminé alors c'est terminé. Je ne vais pas me donner en spectacle.

Je l'entends à peine quand il me parle à nouveau.

– Je t'aime. Je pense que je t'aimerai toujours. Tu es la femme la plus douce et la plus merveilleuse que je connaisse et je ne veux personne d'autre que toi.

Je comprends les mots qu'il prononce, mais ils n'ont aucun sens. Je regarde son visage. Je ne comprends pas. Pourquoi est-ce que rien ne va s'il m'aime ? Il semble lire la question dans mes yeux parce qu'il répond.

– C'est notre vie actuelle, je ne peux pas supporter ça.

Je ne peux pas croire à son explication. Il y a juste un peu plus de deux mois qu'on vit ensemble. On est tellement occupé l'un comme l'autre qu'on n'a même pas eu la chance de créer une routine. Je sais bien que le train-train quotidien détruit les relations. Je le comprends vraiment. Je sais que la magie du début finit par se dissiper, comme la passion. J'ai toujours observé les gens alors je sais que cela arrive. J'ai peu d'illusions. J'ai appris une chose en vivant avec une sorcière, c'est qu'il ne faut pas croire aux contes de fées. Contrairement aux ados normales, je réalise que les *'et ils vécurent heureux pour toujours'* c'est plus que rare. Mais j'y avais cru pour nous parce que nous ne sommes pas n'importe qui, parce que notre amour était plus fort que les autres.

Je ne comprends pas quel est le problème. Nous avons tous les deux tant de chance. Nous faisons quelque chose que nous aimons faire et nous connaissons tous les deux un certain succès. Il n'y a pas de problème d'argent. Comme Oliver et Andrew, je m'acquitte de ma part des charges auprès de Ten et je n'ai jamais demandé le moindre sou à Alexander. Qu'est-ce qui ne va pas ? Mais pourquoi ne supporte-t-il plus notre vie actuelle ?

Je ne vois qu'une explication possible, il s'est ravisé à propos de la mise en route du bébé. Il a peur de s'engager vis-à-vis de moi. Il a peur de la charge que constitue une paternité. J'aurais préféré qu'il me dise la vérité au lieu de se conduire comme un lâche et d'inventer une excuse aussi stupide. Il s'éloigne du lit et je pense qu'il va partir, mais non, il ferme la porte à clef et se déshabille. Il revient vers moi nu et manifestement excité. J'ai tellement envie de lui que l'idée de le repousser ne fait qu'effleurer un coin reculé de mon cerveau. Je sais que c'est ce que je devrais faire, mais cela me paraît totalement absurde. Si c'est la dernière fois alors je vais tenter d'en profiter autant que je peux. Je suis pitoyable.

Ce soir c'est l'Alexander du premier jour qui est de retour dans mon lit. Il s'applique de toutes ses forces comme s'il voulait que je sois forcément déçue par tous ceux qui viendront après lui. Il est tendre et attentionné et tellement aimant que ses caresses me sont presque douloureuses. Il n'y a pas un millimètre carré de mon corps qu'il n'ait pas exploré et réveillé. Toutes mes cellules sont en alertes et s'enflamment sous ses doigts.

Il ne se contente pas de faire vibrer mon corps faisant oublier jusqu'au souvenir de la débâcle de son retour, il me met la tête à l'envers en disant tout ce qu'il faut. Tous les mots que je veux entendre passent ses lèvres. Il me dit qu'il m'aime, il jure que sans moi sa vie serait vide. Il murmure que j'ai un pouvoir magique, que quand je le regarde je lui donne une force incroyable et que c'est seulement parce que je l'aime qu'il sait qu'il va pouvoir conquérir le monde. Ses caresses et ses mots me font planer plus haut que jamais. Je monte jusqu'au ciel encore et encore et, quand je pense qu'il a terminé et que je suis totalement satisfaite, il m'attire vers le haut une fois encore et je le suis. Je veux que cette nuit ne s'achève jamais, mais je finis par fermer les yeux et je m'endors dans ses bras en le serrant de toutes mes forces, comme si ma vie en dépendait.

Quand j'ouvre à nouveau les yeux, quelques heures plus tard, la caisse de sa guitare n'est plus rangée derrière la porte. Il est parti. Sur la table de nuit, il y a une petite boite bleue et une enveloppe. Un cadeau d'adieu ? Une lettre d'adieu ? Je ne veux pas les ouvrir, je les fais tomber dans le tiroir de ma table de nuit et je le referme brutalement.

Je veux me rendormir et me dire qu'il est juste parti pour faire un show et qu'il sera de retour demain. Je roule de son côté du lit et j'enfouis ma tête dans son oreiller. Je respire son odeur. Il m'a dit que j'étais son havre, s'il le pensait il faudra bien qu'il me revienne, non ?

Chapitre 13

Bon alors, qu'est-ce que tu en penses ? me demande Marc en payant l'addition du repas auquel nous avons à peine touché. Je sais que cette question c'est un test. Si je le passe, Marc va me laisser conduire ma première rénovation en solo. Je serai un des nouveaux managers de la société Marc Martin Restaurant Extraordinaire.

– Par quoi veux-tu que je commence ? je lui demande.

– C'est toi qui décides, Lyv, répond-il en secouant les épaules.

Bon, il est l'heure de me jeter à l'eau. Je commence par l'évidence à propos de ce restaurant dans lequel nous avons pris un repas on ne peut moins mémorable.

– D'abord, il y a la situation géographique. Ce restaurant est en plein milieu d'un quartier d'affaires très vivant. Il a un bon potentiel pour le déjeuner et puis l'heure de l'apéro après le bureau. Je doute fort qu'il y ait assez de clientèle pour rester ouvert pour un service du soir.

Marc hoche la tête et je commence à me détendre. Je continue. C'est mon monde, je sais comme il fonctionne.

– Ensuite il y la déco. C'est moche. Non c'est horrible. Je comprends que tout le monde ne partage pas mon goût pour la lumière et la clarté et que la pénombre cela peut donner une intimité charmante, mais ici on se croirait à une veillée mortuaire.

Marc rit doucement, il est d'accord.

– Et même sans lumière je peux déjà dire que la salle ne devrait pas résister à un examen sanitaire. Tout est hyper crado. Je lui montre la couleur de ma serviette. Je l'ai utilisée pour essuyer l'intérieur de la pliure de la banquette sur laquelle je suis assise et à voir ce qu'il y a dessus, on devine que ça doit faire une éternité que personne n'a pensé à venir nettoyer là. Marc fait une grimace et me montre sa serviette. Il a fait la même chose sur son côté de la banquette et c'est tout aussi répugnant.

Je continue avec le personnel.

– Ils sont prétentieux. En fait, ils s'accordent bien avec la nourriture. Elle est tout aussi prétentieuse.

Marc lève un sourcil. Je défends mon qualificatif.

– La nourriture est prétentieuse lorsque la présentation de l'assiette est plus intéressante que le goût de ce qu'elle contient.

Cela le fait sourire. Je continue mes critiques et je termine en disant qu'en pratique la seule chose que cet établissement a pour lui c'est sa situation géographique.

Je m'arrête et j'interroge Marc du regard. Il secoue la tête et pose une dernière question.

– Bon alors tu préfères le troquet qu'on a vu hier ?

– Sans aucune hésitation, en plus l'autre demande peu de travail. Il pourrait être rénové et rouvrir en moins de deux mois. Il suffit de refaire la déco et sans doute de former du personnel. Il y a tellement de points positifs que je ne comprends pas pourquoi ils se sont plantés.

– Je suis ravi que tu le penses parce que je l'ai acheté ce matin et tu commences les travaux lundi. Bien sûr, tu dois avoir terminé la rénovation et l'avoir remis en état de marche avant d'être arrivée à terme. Tu penses que tu vas pouvoir y arriver ?

Je tente de masquer mes émotions quand je lui réponds.

– Oui, Marc. Merci. Je ne te laisserai pas tomber.

En même temps, je caresse mon ventre avec mes mains et envoie une prière silencieuse à mon enfant. *Bébé, n'envisage même pas d'arriver avant terme.*

Je n'arrive pas à croire que je suis aussi chanceuse. Non seulement Marc a accepté de me donner ma chance si jeune puis de me confier de plus en plus de responsabilités, mais encore il n'a même pas toussé quand je lui ai dit que j'étais enceinte. Et ce qu'il y a de plus extraordinaire c'est que pour des raisons affectives sa société est une société de droit français et qu'il a décidé de soumettre au droit français tous les contrats de travail de son personnel, même ceux qui travaillent aux États-Unis.

Pour mes collègues, cela a un côté négatif parce que la paie est mensuelle et pas hebdomadaire. Comme je n'avais jamais eu de salaire avant qu'il m'engage, je ne vois pas vraiment où est le problème, mais visiblement, c'est une révolution culturelle pour ceux qui jusqu'alors avaient leur salaire chaque fin de semaine. Ils doivent apprendre à s'organiser autrement.

N'empêche que personne ne se plaint vraiment parce qu'on a une assurance maladie, trois semaines de congés payés et, la cerise sur la chantilly de mon gâteau, un mois entier de congé maternité. Vive la France et ses lois sociales !

Je refuse l'offre de Marc de me déposer chez moi. Ça va me faire du bien de marcher quelques pâtés de maisons avant de rentrer. Ten voulait qu'on sorte pour fêter mes dix-neuf ans, mais je suis trop fatiguée et je préfère rester à la maison avec mes potes. J'ai du mal à croire que je n'ai que dix-neuf ans. Dix-neuf ans et encore enceinte. On dirait le titre de l'un des horribles contes moralisateurs qu'on nous faisait lire au catéchisme afin de nous éloigner de la tentation. C'est raté, j'ai été tentée et j'ai fauté et je ne suis pas repentante.

Cela fait déjà trop de mois que je n'ai aucune nouvelle d'Alexander. J'ai fait promettre à Andrew qu'il ne lui dirait rien de mon état. Ten a enfoncé le clou en lui disant que s'il lâchait le morceau il allait devoir déménager. Comme notre policier préféré ne pourra jamais retrouver quelque chose d'aussi chouette à ce prix, il a révisé ses priorités et la solidarité familiale est passée en second plan. Charité bien ordonnée commence par soi-même.

Cela me prend une éternité de rentrer, mais quand j'ouvre la porte je suis assaillie par une odeur fabuleuse. Elle est d'autant plus tentante que je n'ai pas avalé grand-chose pendant notre simulacre de repas. Si la salle à manger d'un restaurant est crade, il y a des chances que les cuisines ne soient pas nickel non plus.

Je retire mes chaussures et entre dans la cuisine sur la pointe des pieds. Oliver et Ten sont en train de faire la cuisine. La dernière conquête d'Oliver est assise sur un plan de travail avec un verre de vin à la main. Elle tente de leur expliquer comment on retire les grumeaux de leur sauce. Oh, génial, de la sauce. J'ai soudain une envie dévorante d'une montagne de purée de pommes de terre avec un petit volcan de jus de cuisson. Qu'est-ce qui m'arrive ? Avant j'avais des fantasmes, maintenant j'ai des envies de purée. À dix-neuf ans ? Qu'est-ce que je vais devenir quand j'en aurai soixante ?

Trois paires d'yeux se tournent vers moi et Ten me demande, Alors ?

Je sors de derrière moi la bouteille de Champagne que j'ai achetée en route et je fais mon annonce.

– Oui ! J'ai eu ma promotion. Vous parlez maintenant à la nouvelle directrice de projet de Marc Martin Restaurant Extraordinaire et – je fais une pause pour ménager mon effet – j'ai un nouveau restaurant à remettre en état de marche avant la mi-novembre.

Ils applaudissent et Ten me félicite.

– Bravo, Lovey.

Oliver prend la poignée de la casserole de la main de Ten et s'attaque avec énergie à la sauce. Ça a l'air de marcher.

Les grumeaux sont tellement impressionnés par son autorité naturelle qu'ils disparaissent. Ten applaudit devant une telle dextérité culinaire et *Bébé* descend de son comptoir pour venir se placer juste derrière lui. Elle glisse les mains dans les poches avant de son jean et je détourne le regard. Je sais exactement ce qu'elle est en train de faire et ce n'est pas la pêche à la petite monnaie. J'espère au moins qu'il ne se laissera pas distraire au point de laisser brûler sa sauce.

Ten se penche pour parler à mon ventre.

– Maintenant bébé, tu vas être bien sage et rester au chaud jusqu'à la date du terme.

Nous sortons de la cuisine tous les deux, enfin tous les trois puisque je compte pour deux. Je ris et je lui demande quel effet, cela lui fait de jouer au père de famille.

Il a un sourire jusqu'aux oreilles.

– J'ai hâte de le voir ce bébé et d'ailleurs c'est quelque chose dont je voudrais te parler.

– On peut parler dans ma chambre ? J'ai besoin de surélever mes jambes.

– Bien sûr. Vas-y, je te rejoins dans une minute.

Je m'effondre sur le lit, les fesses sur un oreiller et les pieds sur le mur. Je ferme les yeux et je commence à réfléchir à mon plan de bataille pour mon début de chantier, lundi. Sur mes derniers projets, j'ai été la première assistante de Marc alors je devrais y arriver. Dans un monde idéal, si tout va bien, ce qui n'arrive jamais, je devrais pouvoir rouvrir la première semaine de novembre, mais je me donne deux semaines de marge. J'aimerais bien pouvoir me reposer un peu avant le grand jour.

Ten entre dans ma chambre et éclate de rire en voyant ma position. Il se pose à côté de moi, ses fesses sur l'autre oreiller et le dos au mur. On est face à face.

– C'est pas comme cela que j'avais prévu de le faire, mais, à la guerre comme à la guerre, dit-il gaiement. Lyv Wild, dit-il sérieusement. Je suis étonnée. Il m'appelle toujours Lovey. Il doit avoir quelque chose de sérieux à m'annoncer. Veux-tu m'épouser ?

Il tend vers moi une petite boite à bijoux ouverte. À l'intérieur il y a une bague ravissante avec une pierre bleue entre deux petits diamants. Je reconnais la bague, c'est celle que sa grand-mère portait. Je suis tellement surprise que je ne sais pas quoi dire. Je descends mes jambes sur le lit et suis presque agenouillée devant lui. Je regarde la bague à nouveau et puis son visage et je tente de comprendre.

– Lovey, ce n'est pas une idée folle qui vient juste de me traverser l'esprit, m'explique-t-il. Ça fait un moment que j'y pense. En fait, c'est Mamie qui en a eu l'idée en premier.

– Mamie ? je m'étonne. Cela fait des années qu'elle est morte.

– Eh oui, quand j'ai commencé à coucher avec des filles et à les ramener à la maison pour rassurer mon père et mon grand-père, elle m'a demandé ce que je fabriquais. D'abord, j'ai cru qu'elle pensait que je préférais les garçons et se demandait pourquoi je n'assumais pas. Ensuite, j'ai réfléchi et je me suis dit que même si elle était large d'esprit, même si elle connaissait quelques gays comme son coiffeur et le décorateur qu'elle avait engagé pour meubler les appartements-témoins quand elle était responsable des ventes des maisons Clark, elle n'aurait jamais accepté d'avoir un petit-fils gay ou même bi. Alors juste pour vérifier, je lui ai demandé ce qu'elle voulait dire.

Le souvenir de cette conversation dessine une expression tendre sur son visage.

– Elle m'a dit qu'elle ne comprenait pas pourquoi je traînais avec toutes ces filles alors que je t'avais déjà trouvée. Selon elle, tu étais parfaite pour moi. Elle m'a dit que même si je n'étais pas amoureux de toi et que je t'aimais comme une amie ce n'était pas un souci. Au contraire, c'était très bien, car un mariage fondé sur la confiance et l'amitié serait plus solide qu'un mariage construit sur une passion.

J'ai de bons souvenirs de cette vieille dame. Je savais qu'elle m'aimait bien, mais je n'aurais jamais cru qu'elle avait une si haute opinion de moi.

– Il faut que j'y réfléchisse, dis-je.

– C'est normal.

J'essaye d'apprivoiser l'idée que je pourrais devenir Madame Clark et cela soulève une question majeure.

– De quelle sorte de mariage parlons-nous ?

Ten comprend parfaitement ce que je lui demande.

– Un vrai mariage Lovey. Si tu acceptes, je serai d'abord le papa de ce petit, dit-il en posant affectueusement une main sur mon ventre, et puis, dans quelques années, enfin quand tu seras prête, j'aimerais que nous en ayons d'autres.

Il glisse du mur sur lit, s'approche en continuant à plaider sa cause.

– Tu t'installeras dans ma chambre et nous ferons de celle-ci une chambre d'enfant. On prendra une fille au pair pour s'occuper du bébé quand tu retourneras travailler et il faudra qu'Andrew déménage pour faire de la place pour le prochain et puis quand Oliver partira nous aurons encore une chambre pour le bébé suivant.

C'est clair que Ten y a bien réfléchi et qu'il a déjà tout planifié avant même que j'aie une chance de regarder mon meilleur ami sous ce nouveau jour.

– Bien sûr, si notre bon docteur ne s'est pas casé d'ici là, il faudra le surveiller pour qu'il ne taquine pas la fille au pair, dit-il en plaisantant.

– Alors on sera... amants ? Je lui demande. Je réalise que ma question est idiote parce que je ne vois pas comment on va faire des enfants ensemble si l'on ne fait pas l'amour ensemble, mais j'ai besoin d'être certaine.

– Oui, me répond-il avant d'ajouter, Il faudra que j'apprenne à faire cela bien pour toi.

– Tu plaisantes, je lui dis en posant ma main sur lui. Tu as déjà couché avec des filles.

– Oui, mais je ne me souciais guère de leur plaisir. J'étais plutôt égoïste au lit.

Je soupire. Cela me fait de la peine pour ces pauvres filles.

– Mais je ne serai pas comme ça avec toi. Je veux que tu sois heureuse. Je veux t'entendre soupirer ou crier plus fort que lorsque tu étais avec Xander quand il vivait ici.

Je vire écarlate, j'en suis certaine. Je faisais autant de bruit qu'ils pouvaient tous entendre ? Il faut croire que oui.

– Et les garçons ?

– Qu'est-ce que tu veux dire ?

– Y a bien un moment où tu auras envie d'un homme à nouveau, tu ne crois pas ?

– C'est possible, mais si tu penses pouvoir résister à Xander quand il reviendra, je devrais pouvoir résister aux hommes.

– Il ne reviendra pas, je proteste.

– Oh que si ! Ten a l'air convaincu comme s'il n'avait aucun doute à ce propos, comme si le retour d'Alexander était aussi inévitable que les marées ou les saisons. À sa façon à lui, il t'aime, tu sais. À la seconde où il apprendra que tu as accepté de m'épouser et que tu dors dans mon lit, il reviendra ventre à terre.

Il a peut-être raison. Les petits garçons sont attachés à leurs jouets. Même ceux avec lesquels ils n'ont plus envie de s'amuser. Ce n'est pas parce qu'un jouet a été abandonné que quelqu'un d'autre a le droit de se l'approprier.

– Crois-moi sur parole. Si tu le repousses, il sera encore plus fou de toi. Cela va être pénible pour toi, dit Ten.

Il a raison. Juste le fait de penser à Alexander me déchire.

– Mais je suis l'homme qu'il te faut, Lovey. On fait la paire depuis si longtemps. Tu sais que tu peux compter sur moi et que je ne te laisserai jamais tomber. Tu sais que je t'aime. Je serai un bon père pour nos enfants y compris pour Eve si nous la retrouvons.

Mon cerveau tourne à cent à l'heure et je tente de voir Ten sous ce nouvel angle.

– Si je dis oui, il faudra qu'on soit parfaitement honnête l'un avec l'autre. Pas de mensonge, pas de tricherie. Si je m'engage, je ne reviendrai pas sur ma parole, mais je veux que ce soit pareil de ton côté. Si cela devient trop difficile pour toi, je veux que tu me le dises pour qu'on trouve une solution ou alors qu'on se rende notre liberté.

– Tu vas y penser ?

– Oui. Il faut que tu me donnes le temps de m'habituer à l'idée. Si je te le dis en novembre, après l'ouverture du restaurant, ça te va ?

– Tout me va. Enfin si tu me laisses un peu tricher pour t'aider à apprivoiser l'idée, demande-t-il, presque timidement.

– De quoi parles-tu ?

– Je peux t'embrasser ?

– C'est ça tricher ? Je suis amusée.

– Parce qu'il paraît que j'embrasse d'enfer.

Il a l'air si content de lui en disant cela que je ne peux pas m'empêcher de rire.

– Je ne sais pas pour ce qui est d'embrasser, je lui réponds, mais je sais déjà que tu vas être un super avocat. Tu as bien plaidé. Maintenant, je suis juste dévorée par la curiosité, je veux savoir à côté de quoi je suis passée toutes ces années.

Ten m'allonge sur le lit et trouve une position confortable près de moi. Il s'approche de mon ventre rond et quand ses lèvres s'approchent des miennes, je ferme les yeux. L'idée que c'est Ten qui va m'embrasser comme cela est tellement incongrue que je ne sais plus quoi penser.

Ce qui est encore plus surprenant c'est la façon dont il m'embrasse. Alors qu'Alexander était comme un explorateur tendre qui se serait émerveillé à la découverte de nouveaux territoires, Ten est un envahisseur qui brûle tout sur son passage. Il mord une lèvre et puis prend possession de ma bouche, c'est un conquérant. Il n'y a pas la moindre hésitation dans son approche. Il prend le contrôle, je suis tellement ébahie que lorsqu'il me relâche j'ai du mal à reprendre mon souffle.

– Voilà, me dit-il. Je suis comme cela. Je suis généreux, mais exigeant et autoritaire et direct. Si tu me dis oui, tu devras t'abandonner à moi.

Je découvre ce nouveau côté de Ten que je n'ai jamais vu avant. Je suis étonnée, mais c'est une bonne surprise.

Il me regarde sérieusement et s'explique.

– Hors de la chambre, tu seras toujours ma meilleure amie. Nous serons associés et mon âme sera toute à toi, mais au lit, là c'est moi qui commande et tu seras... mon jouet.

J'en ai le souffle coupé et ce d'autant que je ne sais pas ce qui m'arrive. Je pense que ce côté autoritaire est plutôt sexy. Ça pourrait marcher. Je pourrais apprendre à l'aimer autrement.

L'expression un peu dure qu'il avait prise s'efface de son visage et avec un air très content de lui, il se lève, fait le tour du lit et me tend les mains pour m'aider à me lever.

– Allez, Lovey, on va fêter ta promotion. Il y a un rôti, de la purée avec du jus de cuisson et une tarte aux noix de pecan.

Il éclate de rire quand je lui réponds,

– Oh, tu peux pas savoir comme c'est excitant de m'entendre dire des choses aussi coquines !

Chapitre 14

J'attaque la rénovation avec une énergie renouvelée. La confiance de Marc me donne des ailes. Je ne veux pas le décevoir. Le fait d'avoir un an de plus n'y est pas pour rien. Depuis que j'étais rentrée de Floride, j'avais peur que ma mère ne me recherche activement et qu'un matin la police vienne frapper à notre porte, que Ten ait des ennuis.

Ma peur qui se dissipait progressivement avec le temps a aujourd'hui complètement disparu. Je suis officiellement une adulte responsable de ma propre vie. C'est grisant. Bien sûr, ce n'est pas la vie que j'avais prévue mais qui vit cette vie-là ? Oliver peut-être ? Il a toujours voulu être médecin et c'est ce qu'il va être.

Mais je vais m'en sortir même si je ne fais pas d'études, car avec Marc je reçois la meilleure formation possible en matière de gestion de restaurants, c'est sans doute mieux que tout ce que j'aurai pu apprendre à l'école. C'est de la véritable pratique et au lieu de dépenser des milliers de dollars en frais de scolarité j'ai un salaire correct. Que pourrais-je vouloir de plus ?

Ma vie est belle. J'ai un frisson. La dernière fois que j'ai été aussi optimiste, Alexander m'a quittée. Je me secoue et chasse ses sombres pensées de ma tête. Ma vie est belle et elle va le rester parce que j'ai Ten à mes côtés.

Je réunis mon équipe et leur explique comment je veux organiser les opérations. La douzaine d'hommes qui va travailler avec moi cette semaine a été choisie par Marc. Ten plaisante à propos de mon équipe. Il dit que même s'il était du genre jaloux, il ne s'inquiéterait pas pendant les heures de boulot. Si l'un de mes gars m'enlève ma robe, ce sera pour l'essayer. Il exagère, mais il n'a pas tout à fait tort.

Mon patron n'est pas simplement gay, il l'est de façon flamboyante. Il s'assume complètement. Je ne sais pas si cela vient de son éducation française ou alors du fait qu'il a connu un énorme succès à un très jeune âge, mais on dirait qu'il se moque complètement de ce que les gens pensent alors qu'en réalité, une partie de son succès est liée à son image. Étrangement sa personnalité pétillante et outrée lui réussit. Alors Marc a une politique d'embauche pro-gay. Il prétend qu'un ouvrier du bâtiment homosexuel c'est ce qu'il y a de mieux parce que cela permet de réunir en une seule personne la force physique d'un homme et une attention du détail habituellement réservée aux femmes.

Cela donne des équipes très soudées avec une atmosphère de travail si intime que je sais que deux des garçons de mon équipe s'habillent parfois en fille. Mais bon, je doute qu'ils soient tentés par mes tenues de femme enceinte !

Ils commencent à arracher l'horrible papier velours des murs pendant que je m'installe dans un coin pour étudier la comptabilité de l'établissement. À la fin de la journée, les murs sont nus et prêts à recevoir une couche de peinture lessivable et moi je sais pourquoi ce restaurant a fait faillite alors qu'il a tout pour bien fonctionner.

Le personnel a complètement roulé le patron. Les chiffres des deux dernières années n'ont rien à voir avec ceux des trois dernières semaines. Or, la seule chose qui a changé au cours de ces trois semaines c'est que le restaurant a fonctionné avec un salarié de Marc à la caisse et Marc aux commandes. Pendant cette période, il n'était possible pour personne de trafiquer les commandes ou les factures comme cela devait se faire auparavant.

Il y a plus de trente pour cent de différence dans les résultats ! Un examen attentif montre que le résultat du bar n'a pas varié de façon significative. C'est donc le chef de cuisine et le chef de rang qui étaient de mèche. Ils avaient dû s'arranger avec les fournisseurs. Pas étonnant que le patron ait dû déposer le bilan et brader sa boite. Ces deux salariés vont être remerciés.

C'est une toute autre histoire de savoir s'ils doivent aller en prison pour ce qu'ils ont fait. Marc choisira ou non de communiquer mes résultats au vendeur et lui de porter plainte ou non. Je suis heureuse de n'avoir pas à prendre la décision d'envoyer quelqu'un en prison. De retour à la maison, j'en parle avec Ten et il est d'accord avec moi. Ce n'est pas à moi d'en décider.

Pour une fois, Oliver et Andy sont là en même temps que nous. Nous dinons tous les quatre et Andy lève la main comme un écolier qui demande la permission de parler. Nous nous arrêtons de bavarder pour le regarder.

Il rosit un peu et semble hésiter, alors je lui demande, Tu t'es inscrit à l'examen de sergent ?

Il secoue la tête.

– Tu as réussi l'examen de sergent ?

Il secoue encore la tête.

– Ça suffit, accouche, dit Oliver. Cela me fait rire parce qu'il n'a aucune patience. Peut-être qu'il n'en a pas avec nous parce qu'il épuise son quota journalier sur son lieu de travail.

– Alexander a appelé.

Ten jette un regard sombre à Andy et le silence qui s'ensuit est assourdissant. La mâchoire serrée, Ten grommelle quelque chose que je ne comprends pas. Andy l'ignore et poursuit ce qu'il voulait dire.

– Il est en ville le mois prochain et il participe au gala de charité annuel de Smart and Sharp le 8 novembre.

– C'est génial pour lui, je dis. Cela veut dire qu'en deux années il est vraiment devenu une star.

– Oui, c'est cool, hein ? renchérit Andy. Bref, il voulait savoir si vous viendriez. Il a des pass VIP avec accès illimité aux loges et tout. Le grand jeu.

Ten frappe du poing sur la table et aboie, Tu plaisantes bien sûr.

Je n'arrive pas à savoir si Ten est vraiment en colère ou s'il tente juste de convaincre Andrew pour faire passer le message à Alexander. Je n'ai jamais vu Ten dans cet état.

Je pose ma main sur son bras.

– Calme-toi, tu as réveillé le bébé.

Une seconde plus tard, j'ai six mains sur le ventre qui sentent les coups du bébé.

Andy sourit et avec son plus bel accent irlandais, il me dit, C'est un joueur de foot que tu as là.

– Moi je vote pour une danseuse, dit Ten.

– Et toi, docteur, quel est ton avis d'expert ? je demande à Oliver.

– Oh, je ne vais pas rentrer dans cette discussion, répond-il en riant. Je dirais juste que c'est un signe de bonne santé du bébé.

Maintenant que Ten est calmé, je réponds à Andy.

– Remercie Alexander pour moi, mais je ne pourrais pas venir, car le 8 novembre c'est le jour prévu pour l'ouverture.

– Je n'irai pas non plus, dit Ten.

Andy n'a pas l'air surpris.

– C'est ce que je pensais, mais j'ai préféré demander.

– Et bien moi je viendrai, dit Oliver. Des cartes d'entrée VIP c'est chouette, je pourrais venir avec une nana en prenant le tien.

C'est mon Oliver, toujours prêt à profiter d'une occasion pour impressionner une fille.

– Xander Wild a deux chansons dans le hit, me dit Marc pendant que nous procédons à l'inspection finale de la cuisine avant l'ouverture.

– Oui je sais, et ce soir il participe à ce super gala.

Marc m'observe avec curiosité. Cet homme qui compte plus vite que ma calculatrice n'a pas eu le moindre mal à soustraire neuf mois de ma date de terme.

Je sais qu'il se rappelle qu'à la date de conception, c'était Alexander qui venait me chercher à la sortie du travail quand il me gardait tard. Marc a aussi remarqué que cela fait un moment qu'il n'a pas vu Alexander alors que Ten, lui, vient régulièrement me chercher ici pour me ramener à la maison. Je vois bien que Marc a envie de me poser des tas de questions, mais il se ravise.

Comme moi, il adore tout savoir sur tout le monde et notamment ceux avec qui ils travaillent. C'est une mine d'information parce qu'il adore les commérages. C'est pour cela que je ne lui dis rien qui me concerne. Sans doute, je finirai bien par lui dire ce qui ce passe, mais pour le moment cela m'amuse de le voir dévoré par la curiosité.

Lorsque le restaurant ouvre, il se tient à la porte et tire toute la gloire de mon travail. Cela ne me plait qu'à moitié, mais d'un autre côté, même si j'ai fait tout le travail, c'est quand même lui qui m'a formée et qui a payé les travaux. Tout compte fait, c'est bien sa création. Je décide de bien le prendre. Ce soir, c'est son droit le plus absolu de tirer la couverture à lui. Je le laisse se pavaner comme un paon en me promettant que la prochaine fois, il me mettra un peu en avant.

Je fais tapisserie assise sur un tabouret de bar en gardant en œil sur le fonctionnement de la salle. Je suis tellement gonflée que de toute façon je ne peux pas faire beaucoup plus que de superviser. À vingt-deux heures, Marc me met dans un taxi en route vers la maison.

– Et je ne veux pas avoir de tes nouvelles avant ton retour de la maternité, me dit-il.

C'est incroyable, je suis en congé maternité ! J'ai dit à Ten que je lui donnerai ma réponse ce soir. Je pose les mains sur mon ventre. J'ai détesté l'idée ne pas avoir de père, je me demande comment mon enfant le prendra s'il en a deux.

Je n'ai même pas le temps de mettre la clef dans la serrure que Ten m'a déjà ouvert la porte. Il prend mon manteau et ferme derrière moi.

Il a l'air d'être sur des charbons ardents. C'est clair qu'il pense que cela fait déjà trop longtemps que je le torture alors même que je suis rentrée à la seconde. Ses yeux me supplient de lui dire maintenant, tout de suite. Je hoche la tête et il penche la sienne silencieusement comme pour m'inviter à parler clairement pour éviter tout malentendu, pour s'assurer que je dis vraiment oui. Alors je lui dis.

– Oui je serai très honorée de devenir ta femme, Monsieur Tennessee Charles Clark.

Il tombe à genoux devant moi, enroule ses bras autour de mes cuisses et embrasse mon ventre.

– Je t'aime déjà déclare-t-il à mon nombril et son bonheur me met les larmes aux yeux.

Il se relève, prend ma main et me conduit jusqu'à sa chambre.

– Voilà, dit-il en ouvrant la porte.

Son lit marron très masculin a été remplacé par un grand lit de 180 de large. Son réveil et sa lampe de chevet sont par terre à la tête du lit, du côté où il dort habituellement. De l'autre côté, il y a un ravissant couffin recouvert de dentelle blanche.

Je reste muette.

– J'ai pensé que tu voudrais choisir la tête de lit et les tables de nuit, me dit-il. Mais je voulais un énorme lit pour pouvoir y faire des câlins avec les enfants.

Je ris et je pleure en même temps. Il n'y a que Ten pour me mettre dans un état pareil. Le bébé n'est pas encore arrivé qu'il est déjà en train de faire des plans pour le prochain, non les prochains en insistant sur le pluriel.

– Tu sais que je t'aime, je lui dis.

– Oui, je sais, dit-il et je vais te donner une nouvelle chance de le prouver.

– À votre service, mon maître et seigneur, je réponds en plaisantant.

– Viens avec moi à Long Island demain pour le dire à mon grand-père et à mes parents. Rassure-moi, je ne me trompe pas si je pense que tu ne veux pas un grand mariage, non ?

Je secoue la tête, il a raison. Je n'ai jamais rêvé d'une belle robe blanche en dentelle ou de la marche nuptiale et de tout le tralala dont semblent rêver toutes les jeunes filles. Je n'ai aucune famille et je n'ai jamais eu le droit d'avoir beaucoup d'amis en grandissant alors je n'aurai pas pu remplir la plus petite chapelle. Ce n'est sans doute plus vrai aujourd'hui, je pourrais inviter mes collègues. Pendant une seconde j'imagine marcher jusqu'à l'autel au bras de Marc portant un boa en plume. C'est drôle. Non, un grand mariage, ce n'est pas mon rêve.

– C'est bien ce que je pensais. Alors voilà ce qu'on va faire. Lundi, on passe prendre notre licence de mariage et on se marie mercredi.

– Tu as déjà choisi nos témoins aussi ? je demande en riant.

– Mais oui, Oliver et Andy. Tu pensais à quelqu'un d'autre ?

– Non, à personne d'autre. Tu as fait le bon choix.

– Alors c'est d'accord ?

– Oui, à condition qu'on y aille pas en moto et que l'on ne mange pas au Main Street Diner. Oui, j'irai avec toi voir la

Reine de la Banquise. Mais pour le moment, je veux juste me brosser les dents et me coucher.

En fait ce que j'ai vraiment envie de faire, c'est d'aller aux toilettes, il y a quelqu'un qui donne des coups de pieds dans ma vessie depuis que je suis rentrée.

Je rentre dans sa salle de bain, *notre* salle de bain et il a déjà déplacé mes affaires de toilette qui étaient dans la salle de douche que je partageais avec Andrew. Il me sourit et je me retiens de lui demander ce qu'il aurait fait si j'avais dit non. Ce serait une question trop cruelle et je ne veux pas faire pleuvoir sur son joli nuage rose. La Reine de la Banquise s'en chargera bien assez tôt.

Quand je reviens dans la chambre, Ten m'aide à me déshabiller et pour la première fois je me sens mal à l'aise avec lui. Il faut que je m'achète une chemise de nuit. Au moment même où l'idée me vient, je le vois. Sur le lit, il a préparé quelque chose pour moi. C'est le tee-shirt dans lequel j'ai dormi ma première nuit ici.

Sur la table de nuit, il y a la boite à bijoux avec la bague et Ten s'agenouille devant moi pour me la glisser au doigt.

J'aime cet homme, j'espère que je vais aussi tomber amoureuse de lui.

Chapitre 15

La propriété est déserte quand nous y arrivons dans la voiture d'Oliver. Je ne rigolais pas quand je disais que je ne voulais pas faire le trajet en moto. D'ailleurs, ce n'était même pas envisageable, il aurait fallu que je monte en amazone. Nous attendons dans le salon que la famille revienne du brunch dominical. Je me demande quelle est la dernière lubie de la Reine de la Banquise. Je vais le découvrir bientôt.

La pièce est remplie de souvenirs. Quand je regarde le piano, je me revois assise à côté d'Alexander en train d'écrire notre chanson. Je détourne les yeux et je réalise que je ne peux pas regarder par la fenêtre non plus. Dehors il y a le bain bouillonnant dans lequel Eve a été conçue. Je cherche quelque chose de moins dérangeant à regarder et mes yeux se posent sur ma bague de fiançailles à mon doigt. Le grand-père de Ten l'avait en réalité offerte à sa femme pour leur 25ème anniversaire de mariage.

Lorsque ses doigts avaient été trop déformés pour porter des bijoux, la grand-mère de Ten avait mis cette bague dans une enveloppe et donné ses instructions à son mari.

– C'est pour Tennessee. Il saura quoi en faire quand il reprendra ses esprits.

Après son décès, le grand-père de Ten lui avait donné cette bague en passant le message, mais sans faire d'autres commentaires. S'il avait des questions, James senior les avait gardées pour lui. Je suppose qu'il n'en avait pas, sa femme avait dû lui dire ce qu'elle pensait.

Ten fait les cent pas entre le canapé sur lequel je suis assise et la fenêtre qui donne sur la route qui mène à la maison. Quand ils arrivent enfin, Ten est une boule de nerfs.

Je me lève pour me tenir à ses côtés, un peu en retrait. Je glisse ma main dans la sienne.

– Ça va ?

– Bien sûr, c'est juste un moment désagréable à passer, mais je le dois bien à Mamie.

Ten se place devant moi comme pour me protéger lorsque son grand-père entre dans la pièce.

– Quelle agréable surprise, dit-il à Ten. Il ne le prend pas dans ses bras. Les Clarks ne sont pas démonstratifs. Oh et Lyv est avec toi. Cela faisait...

James Senior a perdu la parole. Si Ten n'était pas si stressé, il serait mort de rire. Je n'aurais jamais cru que quoi que ce soit puisse faire perdre contenance à son grand-père. Il se retourne et s'adresse à son fils alors qu'il entre dans la pièce.

– Il semblerait que ta mère avait raison en fin de compte.

– De quoi parles-tu ? demande James Junior avant de me reconnaître et de réaliser mon état. Il en reste la bouche grande ouverte avant de dire, Elle avait prédit *ça*.

J'ai envie de crâner et de lui dire que, oui, James, ta mère avait deviné que ton fils finirait avec le petit personnel. Mais dire cela ne serait pas très productif et pas très adulte de ma part alors je me retiens.

James Junior continue à me dévisager jusqu'à ce que son père le fasse sortir de sa stupeur en lui suggérant d'aller chercher son épouse pour qu'elle se joigne à notre petite réunion de famille.

– Elle devrait être avec nous, pas avec son charlatan.

Son fils lui obéit et James Senior glousse.

– Cet homme est l'astrologue le plus cher qu'elle ait consulté à ce jour, nous dit-il, et devinez quoi ? Il n'avait jamais pas prévu cela alors qu'il est clair, ma chère enfant, que c'est pas depuis hier que tu es dans cet état.

– Non, cela fait huit mois et demi, lui dis-je. J'adore les sarcasmes.

– Oui, c'est bien ce que je disais, un charlatan !

– Tennessee Charles Clark, mais qu'as-tu donc fait ? La voix de la Reine de la Banquise déraille dans les aigus. Elle est au bord de la crise de nerfs et je dois dire que cela ne m'attriste pas.

– Ça me semble assez évident, lui répond son mari.

– Cela fait sans doute tellement longtemps qu'elle aura oublié, grommelle James Senior.

Oh la la, je suis contagieuse, on a un festival de sarcasmes. James Senior me regarde sérieusement et m'interroge.

– Cela fait combien temps que ça dure ?

Je me tourne vers Ten pour le laisser répondre à cette question.

– Je l'aime depuis toujours, dit Ten.

James Senior me regarde et je hoche la tête. C'est comme il a dit. Je l'aime aussi depuis toujours. Probablement pas comme vous le pensez, mais nous ne mentons pas sur les sentiments que nous avons l'un pour l'autre.

– Bon, alors je suppose que vous savez ce que vous faites et vous avez ma bénédiction.

– Merci Monsieur, je lui réponds.

– Et bien ils n'auront sûrement pas la mienne, dit la mère de Ten.

– Alexandra ! Pour une fois dans ta vie, sois gentille de te taire !

Elle a l'air estomaqué. Elle soupire très fort sans arriver à trouver quelque chose à dire et sort de la pièce précipitamment.

Je me pince. Je n'arrive toujours pas à en croire mes oreilles. Le père de Ten vient tout à coup de réaliser qu'il en avait une paire... Je regarde Ten qui a l'air aussi surpris que moi par cette démonstration de bravoure.

– Vous êtes déjà mariés ? demande le père de Ten

– Pas encore, mais nous envisageons de le faire avant l'arrivée du bébé. Sans doute mercredi, lui répond Ten.

– Cela vous dérangerait-il si nous venions ?

Ten me regarde. Il n'avait manifestement même pas imaginé la possibilité qu'ils veuillent se joindre à nous.

– Bien sûr que non Monsieur, je lui réponds. Nous serions ravis de votre présence.

– Bien, dis-nous juste où et quand, dit son père à Ten avant de quitter la pièce.

Je suppose que c'est ce qu'il fait de mieux comme démonstration d'affection. James Senior rit en observant son fils partir et appeler son épouse.

– Et bien, c'était instructif, dit-il en levant le verre qu'il s'est servi vers moi. Bienvenue dans la famille foldingue Clark, ma chère. Tu n'as sans doute pas idée de là où tu mets les pieds.

Mais si, mais si. J'ai pu les observer tous les dimanches pendant des années. Ten se retourne et me regarde.

– Je pense qu'on a fini ce qu'on avait à faire ici, Lovey, me dit-il. Tu veux qu'on rentre ?

Je dis oui de la tête. On n'a pas vraiment le choix. Ils ne nous ont pas vraiment invités à rester. Bien sûr, on pourrait rester pour la nuit. Ten est toujours propriétaire du bungalow, mais je me sentirai mieux à la maison.

– Au revoir, Monsieur, cela m'a fait plaisir de vous revoir.

Je me dirige vers la porte et puis j'ai une idée alors je me retourne...

– Je peux vous poser une question ? Je demande au vieil homme qui aussitôt hoche la tête.

– Martha travaille-t-elle toujours chez mes parents ?

– Oui, me répond-il.

– Alors est-ce que je peux vous demander une faveur ? Dimanche prochain, quand vous la verrez, vous pourrez lui dire que je vais bien et que je pense à elle souvent ?

– Je peux faire cela, me dit-il.

– Hors de portée d'oreilles de ma mère ?

– Cela va sans dire.

Il sourit en me répondant. Je comprends qu'il avait remarqué plus de choses que je ne le pensais. À moins qu'il y ait quelque chose que j'ignore entre Martha et lui.

Nous montons en voiture et Ten prend ma main alors que nous nous éloignons.

– Cela s'est passé mieux que je le pensais, dit-il. Je suis content qu'on l'ait fait.

Je lève sa main jusqu'à mes lèvres et lui dis que je l'aime.

– Alexander te manque ? me demande-t-il en gardant les yeux sur la route.

On a décidé d'être honnête l'un avec l'autre alors je ne vais pas commencer à lui mentir avant même que nous soyons mariés.

– Ça arrive.

– Il va falloir qu'on remédie à cette situation, dit-il. Il se sourit à lui-même. C'est un côté compétitif de Ten que je vois pour la première fois. Il va faire ses meilleurs efforts pour me faire oublier Alexander.

– Absolument.

Je n'ai pas choisi le blanc virginal. Compte tenu de ma taille, cela aurait été ridicule. Qui plus est, je ne crois pas qu'il y ait des robes de maternité blanches en hiver. Alors même si j'avais voulu le faire cela n'aurait pas été possible.

James Senior et James Junior sont là. Ils ont conduit jusqu'à Manhattan pour être avec nous. Ten était surpris, agréablement surpris, de voir arriver Clara, Jimmy et Steven. Il n'y a aucun représentant de ma famille biologique et rien ne pouvait me faire plus plaisir.

Oliver et Andrew sont nos témoins. Ces deux-là et Ten sont ma famille maintenant. Je suppose qu'Alexander aussi en fait partie.

Andrew est en plein milieu de son service, mais il a eu le feu vert de son supérieur et l'autorisation de prendre une heure avec sa voiture de patrouille pour se joindre à nous en uniforme d'apparat. Eh oui, son sergent est un grand romantique. La secrétaire du juge a l'air très impressionnée par sa tenue. Andrew la regarde de façon si intéressée que je pense qu'il reviendra au tribunal bientôt et que j'aurai une chance de faire sa connaissance.

La cérémonie est rapide. Nous répondons tous les deux ' Je le veux ' et signons des papiers.

Je suis officiellement Madame Tennessee Charles Clark. Ten m'embrasse. Pour de vrai. Longtemps et fort. Tellement longtemps qu'Olivier tousse avant de nous charrier.

– Y'a des chambres pour ça !

Andrew et lui se dirigent ensemble vers la porte.

C'est alors qu'avec un parfait sens du timing, le bébé décide qu'il est temps de sortir pour visiter le monde. J'ai une première contraction et je sens un liquide chaud qui me dégouline le long des jambes. Je reconnais la douleur dès la première seconde. Je serre le bras de Ten un peu plus fort et il me regarde avec inquiétude.

– Pas de panique, s'il te plaît, mais je crois que c'est le moment.

Ten me regarde puis appelle Oliver et Andrew qui sont devant les portes des ascenseurs. Ils se retournent tous les deux et reviennent vers nous en voyant l'expression sur le visage de Ten.

– Qu'est ce... commence à demander Oliver avant de remarquer la petite flaque en train de se former entre mes jambes. Sans changer de ton, il dit. Bon alors puisque tu perds les eaux je pense que je vais commencer ma garde un peu plus tôt que d'habitude.

– Et moi je vais te conduire à l'hosto en fanfare, me dit Andy. Un coup de bol que j'ai nettoyé la banquette arrière de ma voiture de patrouille hier.

– Désolé, il faut qu'on y aille, dit Ten à sa famille.

– Quel hôpital ? demande Clara

Oliver lui donne l'adresse pendant que nous entrons dans l'ascenseur.

Dans la voiture Andy met le gyrophare et la sirène. On est trois écrasés à l'arrière. Le liquide continue de s'écouler.

Oliver rit et dit à Andy qu'il va devoir nettoyer sa voiture à nouveau.

– Oh Lyv, s'il te plait, tu peux rien faire pour te retenir ? demande Andy.

Je ne peux m'empêcher d'éclater de rire. Cet homme n'a pas la moindre idée de la façon dont les choses se passent. Je ne suis pas en train de faire pipi dans sa voiture, je n'ai aucun contrôle sur la fuite.

Cette fois, accoucher ne me fait pas peur. Je peux conquérir le monde ! J'ai mes trois mousquetaires avec moi.

Mais les trois mousquetaires c'est l'histoire de quatre copains et aujourd'hui il y en a un qui manque à l'appel. Je décide de ne pas être triste qu'Alexander ne soit pas à mes côtés. Je sais que tout va bien se passer parce que Ten est là.

Chapitre 16

Andrew nous dépose à l'entrée de l'hôpital et s'en va. Il a un service à finir et une banquette arrière à nettoyer. À re-nettoyer. Ten a le numéro du superviseur au commissariat qui lui donnera la nouvelle par radio si le bébé arrive avant qu'il ne quitte son service. Mais c'est improbable. J'espère quand même que ce bébé sera plus rapide qu'Eve pour sortir.

Oliver s'occupe de toute la paperasse de l'admission et m'installe dans une chambre à moitié privée, c'est une chambre de 'pré-travail.' Ten me tient la main et déclare qu'il se moque de tout ce qu'on pourra lui dire, il ne bougera pas.

Je n'ai plus de contractions. Ten est inquiet jusqu'à ce qu'Oliver lui présente la situation en utilisant des termes qu'il peut comprendre.

– Le travail n'a pas commencé, elle a juste cessé d'être étanche.

Le cerveau de Ten semble avoir cessé de fonctionner correctement.

– Ce qu'il te dit c'est que tu peux te détendre, il ne va rien se passer tout de suite. Tu as largement le temps de rentrer et d'aller chercher mon sac, je lui dis en lui parlant comme à quelqu'un d'un peu lent.

– C'est bien sûr ? me demande Ten.

– Sûr et certain, Oliver et moi répondons en cœur.

– Et je resterai avec elle jusqu'à ce que tu reviennes, ajoute Oliver. Je te l'ai dit, ma garde ne commence pas avant quelques heures.

Ten s'en va avec réticence. Je sais à quel point il est perturbé parce que, dans son état normal, il aurait renvoyé Oliver à la maison pour aller cherche mon sac avec les affaires de bébé.

Oliver reste avec moi, il est silencieux, mais je peux voir qu'il y a quelque chose qui le chagrine.

– Vas-y, lâche toi. C'est quoi ton problème ?

– C'est Andrew, il est déchiré.

– Je sais... c'est tout ce que j'ai comme réponse. Andrew est dans une position difficile. C'est tout à la fois la décision d'Alexander de partir et ma décision de ne rien dire à Alexander qui l'ont mis dans cette position.

On reste tous les deux silencieux un moment avant qu'Oliver me demande s'il peut faire quelque chose pour nous aider.

– Tu le fais déjà. Tu es là, à mes côtés et tu n'as pas craché le morceau.

– Ma loyauté est envers toi et Ten. Alexander n'est pas mon frère, dit Oliver en secouant les épaules.

Je vois qu'Oliver est tout de même désolé pour Alexander. Cela m'arrive aussi. Enfin, quand je ne suis pas folle de rage contre lui.

L'accouchement est rapide et relativement facile. C'est une fille. Ten l'examine avant que l'infirmière l'emporte.

– Elle est parfaite, me dit-il. Elle te ressemble.

– Comment allons-nous l'appeler ?

– Qu'est ce que tu penses d'Alexandra ? me demande Ten.

– Alexandra ? Quand je vois qu'il ne plaisante pas, je me demande ce qui lui prend.

Il hoche la tête et je ne sais vraiment pas quoi dire. Je suis stupéfaite et puis je comprends. C'est pas Alexandra à cause d'Alexander. C'est Alexandra comme sa mère. Ouf, je suis rassurée, il n'est pas en plein délire. Je doute que cela fasse fondre le cœur de la Reine de la Banquise, mais je ne vais pas lui refuser. Je me demande si son absence aujourd'hui lui a fait de la peine.

– D'accord, Alexandra c'est un joli prénom.

– Alors c'est Alexandra, c'est décidé.

La famille de Ten sans la Reine de la Banquise vient nous rendre visite le lendemain matin. Ils envahissent ma chambre et font les ' ah ' et ' ho ' de circonstances.

– Comment s'appelle-t-elle ? demande James Senior.

– Alexandra.

La réponse de Ten donne un mouvement de recul à son grand-père et rend son père tout larmoyant. Le pauvre homme doit toujours aimer son épouvantable femme qui ne viendra sans doute jamais nous rendre visite.

– Je pense qu'Alexandra Jane Clark cela sonne plutôt bien, j'ajoute en gardant les yeux sur le bébé.

– Ah, voilà qui est mieux, rugit James Senior lorsqu'il entend le prénom de sa femme annexé à celui de sa belle-fille détestée.

– Bien joué, murmure Ten en se penchant sur moi pour m'embrasser.

Après ce qui me semble une éternité, une infirmière arrive et les chasse. Ten les raccompagne à la porte.

Je suis béatement seule une fois que l'infirmière a fini ce qu'elle avait à faire. Je dégrafe ma chemise de nuit pour nourrir Alexandra. Je ferme les yeux et je respire profondément. La relation directe entre le téton et l'utérus qui se contracte est violente.

Je finis de la nourrir et Ten n'est toujours pas revenu. Sa famille doit être d'humeur bavarde. La porte s'ouvre quand j'ai fini de refermer le soutien-gorge d'allaitement.

– Pourquoi ?

C'est Alexander et pas Ten. Il a une mine épouvantable. Il est au pied de mon lit.

– Je veux étrangler ce salaud. Cela fait des mois qu'il aurait dû me le dire.

Je ne sais pas s'il parle de son frère ou de Ten, mais ça m'est égal.

– Baisse le ton, tu vas faire peur au bébé.

– Pourquoi ? me demande-t-il encore doucement.

– Pourquoi quoi ?

– Pourquoi est-ce que tu m'as rien dit ?

– Si c'est une blague, ce n'est pas drôle.

– T'as bien raison, il n'y a rien de drôle. Tu n'as pas lu le mot que je t'avais laissé ?

– Non et je n'ai pas ouvert la boite non plus. Elles sont sans doute encore dans le tiroir de la table de nuit.

– Tu n'as même pas regardé ? Pourquoi ?

– Parce qu'il n'y a rien que tu aurais pu m'écrire, qui aurait atténué la peine que tu m'as faite en partant.

– Mais je t'ai écrit que je t'aimerai toujours.

Je me retiens de toutes mes forces pour ne pas hurler.

– J'avais écrit que je voulais passer ma vie avec toi.

– C'est ça, et c'est aussi ce que tu m'avais dit cette dernière nuit avant d'attendre que je m'endorme pour te tirer comme un lâche. Je parle aussi doucement que je peux à cause du bébé alors que ce dont j'ai vraiment envie c'est de crier aussi fort que je peux.

– Mais tu ne comprends pas. Je t'aime et tu sais que si tu m'avais dit que tu étais à nouveau enceinte, personne n'aurait pu me tenir éloigné de toi. J'aurais fait ce qu'il fallait, s'écrit-il en chuchotant.

– *Ce qu'il fallait ?* je répète en secouant la tête. Il secoue la sienne de haut en bas énergiquement. Oh, Alex tu n'as jamais rien compris à qui je suis ?

Je suppose que non, car il a vraiment l'air désemparé. Il faut que je lui explique.

– Tu sais que j'ai passé les dix-huit premières années de ma vie à me sentir en trop. On m'a fait sentir que ma présence était gênante *tous les jours.*

Il écoute avec attention ce que je dis, sans doute pour la première fois, mais il ne comprend toujours pas.

– Tu peux imaginer que j'ai détesté chaque seconde de cette vie ? Il hoche la tête à nouveau. Alors comment est-ce que tu peux imaginer que j'envisagerai un seul instant la possibilité de vivre avec un homme qui resterait avec moi simplement parce qu'il fait ce qu'il pense devoir faire ?

Il ne comprend toujours pas.

– Alex, je veux que l'homme avec lequel je vis soit à mes côtés parce qu'il a envie d'être avec moi et pas pour honorer je ne sais quel sens du devoir. Une étincelle de compréhension s'allume dans ses yeux. Je crois qu'il commence à comprendre mon point de vue. Je veux que l'homme avec lequel je vis soit heureux de me voir tous les matins lorsqu'il se réveille et content de rentrer auprès de moi le soir. Je ne pourrai jamais transiger pour un type qui ferait semblant et regretterait je ne sais quelle autre vie alternative qu'il aurait souhaité mener. C'est cet homme-là que tu aurais voulu être ?

Il a l'air brisé, mais je suis trop en colère pour m'arrêter.

– Alors ta carte n'aurait rien changé. Quoi que tu aies écrit, je n'aurai pas changé d'opinion. Mon opinion c'est toi qui l'as forgée le jour où tu m'as quittée !

– Tu aurais dû la lire, Love...

Je lui coupe la parole.

– Et aujourd'hui, tu n'as pas le droit de me parler de tes regrets ou de me dire que tu te sens minable parce que c'est toi qui t'es mis dans cette position.

– Et tu n'as plus le droit de l'appeler *Love* à l'avenir, dit Ten.

Depuis combien de temps est-il là ? Alexander se retourne et le dévisage puis se tourne vers moi à nouveau.

– D'accord, je ne t'appellerai plus comme cela, mais s'il te plaît ne ferme pas la porte. Il regarde sa fille et dit, je n'ai jamais eu la possibilité de voir notre première fille. S'il te plaît, laisse-moi faire partie de la vie de cette petite.

Ten me regarde et fait un mouvement que je comprends comme une invitation à prendre une décision. Je réfléchis. Je veux lui dire de partir, mais je ne me vois pas lui nier le droit de connaître sa fille. Ce n'est pas un homme mauvais. Il est juste... égoïste et immature.

Ten me regarde me débattre avec mes questions et fait une proposition.

– Il pourrait être son parrain.

Alexander hoche la tête et m'interroge du regard.

Je les regarde tous les deux.

– Je ne veux pas que sa vie soit un mensonge, j'explique. Ils froncent tous les deux les sourcils. Ten, tu seras son père. Elle portera ton nom, mais on lui dira qu'Alexander n'est pas seulement son parrain, mais aussi son père biologique.

Ten réfléchit quelques secondes et me fait signe qu'il est d'accord. Alexander prend une grande respiration et dit, Merci.

Ce n'est pas une solution parfaite, mais la situation n'est pas parfaite non plus.

– Comment s'appelle-t-elle ?

– Elle porte les prénoms de la mère et de la grand-mère de Ten, je lui réponds.

– C'est quoi son nom alors ? demande encore Alexander.

– C'est Alexandra Jane, répond Ten et pour lui c'est l'épiphanie lorsqu'il voit Alexander sourire pour la première fois depuis son entrée dans la pièce.

– Son parrain approuve ce choix, vous n'auriez pas pu trouver mieux.

Dans le regard de Ten je lis que, jusqu'à cet instant il n'avait absolument pas eu conscience de l'ironie de son choix.

– Alexander, je lui dis. Je suis fatiguée. J'aimerais bien que tu nous laisses seuls.

– Bien sûr, je m'en vais. Je peux l'embrasser avant de partir ?

Sans me donner une chance de répondre, il se penche sur notre fille et pose les lèvres sur son front. Il est si près de moi que je respire son odeur. Rien ne réveille mieux les souvenirs chez moi que les odeurs. La sienne est si merveilleuse que c'en est une torture. Il lève son regard vers moi et je secoue la tête, il comprend qu'il n'a pas intérêt à me toucher même chastement. Mais il a déjà causé des dégâts. Mes cicatrices saignent à nouveau.

Ten m'observe avec attention pendant qu'Alexander sort de la pièce.

Quand la porte se referme derrière lui, Ten dit, Cela te fait encore mal de le voir. Ce n'est pas une question, il le voit dans mes yeux.

Je ne le cache pas, mais je lui dis que je compte sur lui, que je crois en nous.

– Ça va aller, tu vas réparer tout cela, non ?

– Oui ma chérie, je suis ton mari et c'est mon boulot de tout réparer.

Je lis le soulagement dans ses yeux. Il est heureux que je ne lui mente pas, mais mon honnêteté est sans doute dure à digérer.

TROISIEME PARTIE
– 1981 À 1983 –

Chapitre 17

J'ai cette sensation de déjà vu en faisant le tour du salon qu'on vient de finir de préparer pour la soirée.

Déjà vu avec des différences majeures. En 1979 Andy était déjà bourré à cette heure-ci. La version 1980 d'Andy n'est qu'un peu grise. Il place des cendriers un peu partout dans des endroits stratégiques. Il a tenu sa résolution, il a remplacé le scotch par la bière et cette boisson plus légère lui réussit mieux. Il y a une autre différence fondamentale. Je n'attends plus qu'Alexander me revienne. Alexander s'est terminé. Je suis avec Ten maintenant et ce soir c'est le grand soir.

Cela fait presque deux mois que nous sommes mariés et que nous dormons dans le même lit. Au début, la chose la plus excitante que j'ai faite était de nourrir Alexandra sous le regard attendri de Ten. Quelques semaines plus tard, après avoir vu le médecin, je lui ai dit que nous avions le feu vert du docteur, mais Ten a décrété que c'était trop tôt.

J'étais tout à la fois soulagée et déçue.

Ten est un mari idéal sur tous les autres plans.

Il tient sa parole. Il avait promis qu'on serait associés et nous le sommes. Il me demande mon avis avant de prendre des décisions importantes et il m'a donné une procuration sur tous ses comptes. Je sais aussi précisément où on en est au point de vue financier et, en fait, notre situation est bonne.

Le fait que James Senior nous a offert le salaire de la jeune fille au pair pour les deux premières années nous facilite la vie.

Ten est aussi plus ouvert sur son passé. La seule chose dont il a encore du mal à me parler c'est de Giovanni.

– C'est mon Alexander, m'a-t-il avoué. Je garderai une cicatrice de cette relation, mais la plaie s'est refermée.

Lentement, la nature de mon amour pour lui s'est modifiée. Parfois, quand je me réveille la nuit, je le regarde dormir. J'ai envie qu'il me touche. Plus nous attendons plus j'ai envie qu'il ait envie de moi. Je réalise qu'il avait raison de nous faire attendre.

La semaine dernière, j'ai fini par lui demander si nous allions enfin consommer notre mariage et au sourire qu'il a affiché, j'ai compris qu'il n'attendait que cela. Il voulait que ce soit moi qui le demande.

– Qu'est-ce que tu penserais du soir du Nouvel An ? m'avait-il demandé.

– Cela me semble être à des années-lumière, lui avais-je répondu et mon impatience avait été saluée par un baiser à faire fondre les pôles. Son érection était tout contre ma jambe et j'avais failli m'en saisir avant de me souvenir de ce qu'il m'avait dit. Au lit, c'était lui le chef. Il fallait donc que je lui laisse prendre la direction des opérations et il avait dit le soir du Nouvel An. Alors j'ai attendu.

Depuis, tous les soirs, il y a bien des baisers et des caresses au programme. Il me met dans tous mes états et quand je suis prête à grimper aux rideaux, il me dit, C'est pour le soir du Nouvel An...

Cet homme est un manipulateur hors pair en tout cas en ce qui concerne ce domaine !

Alors ce soir j'ai une boule dans la gorge. Je suis tout à la fois anxieuse et impatiente d'entendre sonner le dernier coup de minuit.

Andy n'est pas du tout conscient de mes états d'âme. Il est dans son propre univers parce qu'il pense que ce soir il va y avoir de l'action. Il a invité Mary-Ann, la ravissante jeune fille qui était dans le bureau du juge quand Ten et moi nous sommes mariés. À l'époque, je pensais que c'était la greffière ou une stagiaire, mais elle est bien plus jeune que je le pensais. Ce n'est pas une étudiante en droit qui fait un stage de master, mais une deuxième année qui travaille comme assistante administrative.

Elle a fait une assez forte impression sur Andrew pour qu'il retourne hanter les couloirs du palais pendant son heure de déjeuner jusqu'à ce qu'il tombe sur elle *par hasard.* Ils sont sortis ensemble plusieurs fois et elle est venue dîner à la maison à plusieurs occasions. J'ai eu l'opportunité de la connaître mieux. Mary-Ann traîne avec moi à la cuisine pendant que les garçons regardent je ne sais quel truc à la télé.

Physiquement, on ne pourrait pas être plus différentes. C'est une poupée blonde aux yeux bleus avec une peau de porcelaine. Elle est si délicate qu'elle a l'air toute fragile, mais elle est beaucoup plus forte qu'il y paraît. Elle se paie ses études toute seule et elle pense aller jusqu'au doctorat une fois qu'elle aura décidé ce qu'elle veut faire. Cela fait assez longtemps qu'elle travaille au palais de justice pour savoir que le droit c'est pas son truc. Elle trouve l'analyse juridique séduisante, mais déteste les conflits. Avant cela, elle a travaillé dans une clinique vétérinaire et découvert qu'elle adorait les animaux, mais pas les propriétaires qui sont insupportables.

– Je n'arrête pas de penser aux choix qu'il faut que je fasse, me dit-elle lorsque je reviens dans la cuisine où elle m'aide préparer les apéritifs. Je n'ai pas un bon contact avec les gens. Je ne suis pas faite pour travailler sur le terrain, je suis plus à l'aise avec les idées et les raisonnements.

– Effectivement, alors tu as besoin d'un travail dans lequel tu n'auras qu'un contact limité avec les parties. De la recherche ou de l'écriture ? L'écriture est un exercice solitaire, non ?

– Comment fais-tu ? me demande-t-elle.

– Comment je fais quoi ?

– Supporter des gens toute la journée ? Le personnel du restaurant, les clients, les fournisseurs, ton boss, comment les supportes-tu tous ? Et puis quand tu rentres, tu as trois hommes, un bébé et une fille au pair. Je deviendrais folle !

– Vraiment ? Elle secoue la tête énergiquement. Je n'avais jamais vu les choses comme cela. J'aime travailler avec des gens. J'adore réunir les talents. Nous sommes tous des petits morceaux d'un puzzle géant. On a besoin d'être reliés les uns aux autres. Quand les pièces sont compatibles, la somme de ce qu'on peut faire à plusieurs est tellement supérieure à ce qu'on pourrait faire chacun de notre côté.

Elle me dévisage comme si j'étais une créature étrange venue d'ailleurs.

– Je comprends que certaines personnes préfèrent travailler seules, mais on a tous besoin de faire rebondir nos idées sur quelqu'un, n'est-ce pas ? À quoi cela sert d'écrire quelque chose de splendide si personne ne le lit jamais ? Quel est l'intérêt de mettre au point une invention fabuleuse si on ne la partage pas ?

L'interphone m'interrompt. Nos invités arrivent. Ten ouvre la porte de la cuisine et nous fait signe de le rejoindre

– Merci d'être venue m'aider et de m'avoir tenu compagnie aujourd'hui, je lui dis en suivant Ten.

– C'est toujours un plaisir de discuter avec toi, me dit-elle. J'ai cette tendance à voir les choses en noir et blanc et avec toi je découvre des nuances de gris.

– Si tu passes plus de temps avec elle, tu découvriras même des couleurs, lui dit Ten. La plus grande qualité de Lyv est ce qu'elle donne aux personnes qu'elle aime. Avec elle à mes côtés, je sais que je peux conquérir le monde.

Mon cœur s'arrête un instant. Ce qu'il vient de dire c'est exactement ce que m'avait dit Alexander pendant notre dernière nuit. C'est comme cela qu'ils me voient tous les deux, je suis celle qui croit en eux si fort qu'ils en deviennent invincibles. Je me demande comment je fais cela.

Je regarde Ten et l'affection que je lis dans ses yeux me fait tourner la tête. Je pose le plateau que j'avais préparé sur une table et vais vers lui.

– Je t'aime.

Je ne cesse de lui dire. Je veux qu'il soit certain du fait qu'il n'est pas mon second choix, mon plan B.

– Et moi je t'aime plus que tu ne le penses, Lovey.

Il y a une étincelle dans ses yeux qui fait disparaître toutes mes craintes à propos de cette nuit.

– Vous me rendez malade, dit Andrew en faisant des bruits comme s'il allait vomir.

Mary-Ann fait semblant de le frapper.

– Moi je trouve que c'est charmant de les voir si amoureux et que Ten n'ait pas peur de dire ce qu'il ressent.

Andrew lève les yeux au ciel, mais semble bien capter le message relatif aux démonstrations d'affection puisqu'il lui prend la main. Il y a un début à tout.

La soirée passe rapidement et peu après les douze coups de minuit, Andrew s'enfuit dans la chambre avec Mary-Ann. Oliver ne va pas rentrer avant le matin. Il est le dernier entré dans son service et le dernier rentré se retrouve coincé pour toutes les gardes pendant les fêtes.

Jimmy, le cousin de Ten et son ami d'enfance Steven ainsi que la fille qui semble être leur copine commune sont les derniers à partir. Je suis heureuse que Ten ait renoué avec eux. Je les aime bien.

Lorsque la fille avec laquelle ils sont venus s'était éloignée, Jimmy et Steven nous ont parlé de fonder une famille. Je ne comprends pas vraiment comment ils vont y arriver, mais je ne demande qu'à le découvrir. Est-ce qu'il a des filles qui sont prêtes à vivre avec deux hommes ? J'espère qu'il y en a parce que ce serait chouette que nos enfants aient des cousins.

J'entre sur la pointe des pieds dans mon ancienne chambre où Ten a installé le lit d'Alexandra. Ce soir, c'est aussi une première pour elle. Elle quitte la chambre de ses parents. Cela n'a pas l'air de la déranger plus que ça. Elle dort... comme un bébé. Elle fait ses nuits et sera très bien dans cette chambre. C'est ce que je n'arrête pas de me répéter en fermant la porte derrière moi. Je me retourne et Ten me regarde depuis l'embrasure de notre porte. Il tend une main dans ma direction, je marche jusqu'à lui pour la prendre.

– Allez, Lovey, c'est l'heure d'aller au lit.

Il ferme la porte derrière nous.

– Je reviens dans une minute.

Je rentre dans la salle de bain pour me brosser les dents et, quand j'en sors, il m'attrape près de la porte. Il se saisit de mes deux mains et me colle contre le mur avec les bras levés. Il me regarde de façon si passionnée que je ne peux m'empêcher de fermer les yeux et de frissonner.

– Qu'est-ce que tu veux, Lyv ? me demande-t-il.

J'ouvre à nouveau les yeux et ma voix est un soupir.

– Toi, j'ai tellement envie de toi, Ten que cela me fait peur.

– C'est bien, je veux que tu sois à moi, juste à moi, grogne-t-il en mordillant mon cou.

– N'attends plus, je lui dis.

Gardant mes deux mains au-dessus de ma tête avec l'une des siennes il descend la fermeture de ma jupe qui tombe au sol. Il pousse mon slip vers le bas et je me tortille dans tous les sens pour le faire descendre. Il place sa main en haut de mes jambes et en une minute je suis hors d'haleine.

Je me rends compte que je vais avoir des traces de morsures sur l'épaule et le cou pendant des semaines, mais ça m'est égal. Je me cabre sur sa main en gémissant. Il m'amène tout au bord du précipice et puis s'arrête pour défaire sa ceinture d'une main. Il me rapproche encore un peu du gouffre et s'arrête à nouveau pour défaire le bouton de son pantalon. Il reprend sa caresse et je suis dans un tel état que je le supplie.

– S'il te plaît, Ten, n'arrête pas !

– Patience, Lovey, dit il en riant. Nous avons toute la vie devant nous, ne sois pas pressée.

Je proteste par un grognement et il me fait taire en m'embrassant. Il prend le contrôle de ma bouche et fait disparaître toute ma volonté à coups de langue et de dents. Je ne suis plus qu'une réaction à ses caresses. La seule part de moi qui subsiste est celle qui fait miroir à son désir. Quand sa bouche abandonne la mienne pour déchirer des dents l'emballage d'un préservatif qu'il a sorti de sa poche, je suis dévorée par le besoin de fusionner avec lui. Mon corps entier est tendu vers lui. Il me lâche les mains.

– Accroche-toi à moi, Lovey,

J'enserre ses bras autour de moi alors qu'il me soulève. Mes jambes l'enserrent quand il se pousse en moi. Coincée entre le mur et lui qui me martèle, j'ai une incroyable sensation de légèreté.

Ce que je ressens est si intense que j'ai peur de lâcher prise. Je crains d'exploser en de si petits morceaux que je ne pourrais plus jamais redevenir moi-même. Il semble que Ten le sente.

– Allez, bébé, tu es en sécurité avec moi, laisse-moi t'emmener plus haut.

Cela me bouleverse et je lui réponds, Ne te retiens pas, mon amour.

Son rythme s'accélère et j'explose délicieusement dans tous les sens sans conserver le moindre contrôle. Mais perdre le contrôle n'est pas un problème. Ten est là, près de moi, en train de murmurer à l'oreille qu'il m'aime et qu'il ne me lâchera jamais. Ses promesses font apparaître le fantôme d'autres moments de tendresse, mais je les chasse de mon esprit. J'ai un mari maintenant et je l'aime.

Nous restons comme cela, contre le mur, dans les bras l'un de l'autre jusqu'à ce que Ten relâche doucement mes jambes. Il me tient fort pour s'assurer que je peux tenir debout. Je tremble comme une feuille.

– Tu as froid, mon amour ? me demande-t-il.

– Non, je suis juste submergée par mes émotions.

Chapitre 18

J e retourne dans la salle de bain et laisse Ten dans la chambre avec son pantalon à moitié descendu sur ses jambes et les cheveux en bataille. Il est sexy en diable, mais aussi un peu rigolo à regarder comme cela. Je finis de me déshabiller dans la salle de bain et reviens dans la chambre vêtue de son tee-shirt qui m'a servi de chemise de nuit depuis que nous partageons le même lit. Il est splendide et nu, allongé sur le ventre, à moitié couvert par un drap, il me tourne le dos, occupé à mettre une cassette dans la mini stéréo au pied du lit. Il appuie sur le bouton et c'est *My First, My Last, My Everything*. La voix basse de Barry White remplit la pièce et la rend plus intime.

Ten tourne la tête et me regarde.

– Enlève-le, dit-il avec un ton autoritaire que je n'avais jamais entendu avant et qui accélère mon rythme cardiaque. Je saisis le bas du tissu avec mes mains pour passer le vêtement au-dessus de ma tête. Je le laisse tomber au sol et continue de marcher jusqu'au lit.

Je ne suis pas à l'aise. Quand je me regarde dans la glace, la seule chose que je vois c'est les traces que les deux grossesses ont laissées sur mon corps. J'ai des marques sur les seins et le bas du ventre à partir du nombril.

Ten semble ne pas les voir. Il me tend une main pour m'accueillir sur le lit.

– Tu es si belle, je veux pouvoir te regarder. À partir de maintenant, tu ne porteras plus rien pour dormir.

Son ton ne prête pas à la moindre discussion et j'aime le fait qu'il prenne le contrôle. C'est étrange parce que je suis vraiment autoritaire. Je dirige tout au boulot toute la journée. Jamais je n'aurai cru aimer lâcher le volant. Sans doute est-ce une question de confiance. Son amour pour moi est si inconditionnel que lorsqu'il me donne des ordres je ne me sens pas du tout menacée. C'est incroyable, mais c'est plutôt excitant.

Je souris en prenant sa main et je me glisse sous les draps près de lui.

– Quand nous sommes ici, dit-il, je veux que tu me répondes avec des mots quand je te demande quelque chose.

– D'accord, je lui réponds dans un soupir étouffant une envie de rire. Les nerfs sans doute.

– Je vais être très directif et j'ai besoin de savoir que tu m'obéiras ou que, si c'est le cas, tu me diras que cela ne va pas.

Je hoche la tête et il lève un sourcil. Ah, oui, des mots.

– J'ai bien compris, je lui dis.

– Bien, alors rapproche-toi et arrête de trembler. Son ton est un peu plus doux, mais il est toujours coupant. Tu es certaine que tu n'as pas froid ?

– Non c'est pas le froid. Je suis juste en dehors de ma zone de confort.

Il a une drôle d'expression sur le visage quand il me répond.

– C'est parfait, c'est comme cela que je te veux. Je vais m'éclater à te maintenir dans cet état.

Je suis un peu choquée et il me caresse le visage du dos de la main en faisant des petits bruits rassurants.

– Ne t'inquiète pas Lovey, tu vas adorer tout ce que je vais te faire. Tu me fais confiance, non ?

Je commence à hocher la tête et puis je me reprends.

– Oui, je te fais confiance, mais la chose étrange c'est que je trouve ce nouveau côté de ta personnalité très chaud.

– Je savais que cela te plairait, dit-il. Dans cette chambre, tu vas adorer être complètement sous ma coupe. Un véritable sex-toy.

C'est un vocabulaire que je n'ai jamais entendu venant de lui. Jamais il n'a été aussi cru et cela me déstabilise. J'ai à peine le temps de reprendre mon souffle qu'il m'écarte les jambes et se place à genoux devant moi.

– Met les mains sous l'oreiller, dit-il.

Je fais ce qu'il demande.

– Ce soir, c'est la première fois alors je vais y aller doucement et je t'interdis de me toucher. Je vais découvrir ce qui te plaît. Un autre soir, lorsque j'en aurai envie, ce sera à ton tour, tu pourras explorer et essayer ce que tu voudras.

Il pose ses lèvres entre mes seins et lève les yeux vers moi.

– Je n'ai pas entendu ta réponse, me dit-il.

– Il y avait une question ? J'ai juste entendu des instructions, je lui réponds.

Sa bouche se déplace jusqu'à un sein et il me mord. Fort. Pas plus fort qu'Alexandra a pu me mordre pendant l'allaitement, mais plus fort qu'un amant devrait le faire. Enfin, plus fort qu'Alexander le faisait. Oh! merde, il ne faut pas que je pense à lui. Je dois le chasser de mon esprit.

– Je laisse passer pour cette fois, mais ne fais pas l'insolente avec moi, sa voix n'a rien de tendre quand il me dit cela.

Je refrène mon envie de lever les yeux au ciel comme je le ferais avec un sale gosse capricieux. Je veux bien jouer, mais il va falloir rester raisonnable. J'ai encore mon libre arbitre... ou alors je l'ai momentanément égaré parce que ses caresses m'enflamment.

Ses mains se posent entre mes jambes et remontent doucement, bien trop doucement depuis mes genoux. J'adore et les sons qui m'échappent le lui font savoir.

– J'aime quand tu fais cela. C'est la plus douce des mélodies. Vas-y, continue, ne me cache rien.

Je gémis. Il se penche vers le haut du lit et m'embrasse. Ses mains sont sur ma poitrine puis sur mon ventre. Il s'agenouille encore entre mes jambes et ses mains se rapprochent du point où je voudrais les voir. Il me regarde et me questionne.

– Ah quel point as-tu envie de moi, Lovey ?

– Plus que je ne peux le dire.

– Tu as besoin de moi ?

– Autant que de respirer, je sanglote presque.

Il attrape un préservatif du dessus de la table de nuit et l'enfile. Mais c'est un doigt plus léger qu'une plume qu'il glisse enfin sur moi à l'endroit le plus sensible et j'arque le dos vers lui.

– S'il te plaît, Ten.

Le doigt devient plus lourd et plus envahissant au cœur du repli déjà gonflé.

– S'il-te-plait quoi ? me demande-t-il. Son ton est si étrange que je ne sais que dire. Il m'a annoncé qu'il me voulait me déstabiliser alors je ne suis pas certaine de vouloir lui dire ce dont j'ai vraiment envie.

– Prends-moi, je supplie.

– C'est demandé si gentiment que je ne peux pas refuser.

Il glisse un bras dans le pli de chacun de mes genoux et relève mes jambes en descendant sur moi. Je réalise à quel point il est long. J'ai à nouveau le souffle coupé. Il s'arrête et je fais un petit bruit pour protester.

– Où es-tu ? me demande-t-il.

– Si près.

– Bien, montre-moi, me dit-il en reprenant son invasion. Je lutte contre l'envie de ne pas libérer mes mains du dessous de l'oreiller pour m'accrocher à lui. Il veut le contrôle et je le lui donne. Lorsque je m'envole à nouveau, je crois que je commence à comprendre où est le plaisir de l'abandon.

Ten roule sur le côté et se débarrasse du préservatif. Il revient au lit et me tire vers lui. Je pose ma tête sur son épaule et il embrasse mes cheveux.

– Tu es à moi, dit-il avec une voix un peu endormie. Rien qu'à moi maintenant.

Le sourire revient sur mon visage. Il est tendre à nouveau. Je vais sans doute apprendre à aimer son côté directif, mais, juste à l'instant, j'ai besoin de sa douceur.

– Et toi tu es à moi aussi. Je t'aime, Ten, je lui murmure. Je ne croyais pas que c'était possible, mais je t'aime un peu plus tous les jours.

– Je t'aime bébé. Je me demande pourquoi je n'ai pas compris plus tôt que tu devais être à moi. Ça nous aurait évité bien des soucis.

– Quand est-ce que tu l'as compris ?

– Je crois que j'ai commencé à réaliser que je voulais que tu sois plus que ma meilleure amie quand tu as dormi dans mon lit cette première nuit. Dans ton sommeil, tu appelais Alexander et j'ai été dévoré par la jalousie...

– Mais tu étais encore avec Giovanni alors, non ?

Il hoche la tête et ajoute, et après, quand Xander est revenu, je l'ai détesté. Bien sûr, j'ai réalisé que ce n'était pas juste. Si j'avais Giovanni, je ne pouvais pas t'empêcher d'avoir Xander, mais je lui en voulais. J'étais tellement heureux quand il s'est tiré, tu n'as pas idée. J'étais à nouveau le seul homme dans ta vie et tout était rentré dans l'ordre.

Je n'avais rien remarqué. À l'époque, j'étais dans ma petite bulle de bonheur. S'il y a eu des tensions entre Ten et Alexander je n'ai rien vu du tout.

– Je ne regrette rien, je lui dis et je me sens presque coupable de l'avouer. Je ne regrette pas d'avoir aimé Alexander. La vérité c'est que je l'aime encore. C'est étrange comme je peux les aimer tous les deux sans que les sentiments que j'ai pour l'un d'eux ne fassent pâlir ceux que j'ai pour l'autre. Je ne suis pas prête à le lui dire, mais je pense que Ten pourrait comprendre ce que je ressens puisqu'il dit qu'il aimait Giovanni et moi en même temps.

– Vraiment, aucun regret ?

– Sauf Eve, bien sûr.

– Oui, Lovey. Mais on va bien finir par la retrouver. Le sergent d'Andy a mis tous ses contacts de Floride sur l'affaire. Avec tous ces policiers New Yorkais à la retraite qui n'ont rien d'autre à faire, on devrait bientôt avoir une piste.

Chapitre 19

Lyv Wild ? La voix au téléphone est familière, mais je n'arrive pas à l'identifier. Mais sept heures le dimanche matin, ce n'est pas mon heure. Je ne suis même pas certaine que je reconnaîtrais la voix de Ten. Enfin c'est pas Ten parce qu'il dort à côté de moi.

– Oui, c'est moi, je grogne.

– Lyv, il faut que tu rentres à la maison, dit la voix.

Cela n'a aucun sens. Je suis à la maison. À travers la porte entre-ouverte que nous avons percée entre notre chambre et celle de notre fille, je vois qu'Alexandra est dans son lit. Oui, je suis bien chez moi. C'est un mauvais plaisantin, une blague idiote et moi j'ai besoin de dormir.

– Ce n'est pas drôle, je dis avant de raccrocher et puis de redécrocher pour que la ligne soit occupée.

Ten est à moitié réveillé et me demande, C'était qui ?

– Un abruti qui faisait une blague. Rendormons-nous.

– J'ai une meilleure idée, me dit-il en soulevant la couverture. Une partie de lui est parfaitement éveillée.

– Un réveil en fanfare, je vois, lui dis-je en riant.

Il pose sa main sur ma tête et n'a pas besoin de pousser. Je sais ce qu'il veut. Je trace un sentier de baiser le long de sa poitrine en prenant tout mon temps pour parvenir à destination. Il grogne un peu, mais c'est juste pour le principe. En vérité, il aime bien que je le taquine un peu. Il faut juste que cela ne dure pas trop longtemps. Il ne faudrait surtout pas que je pense que j'exerce un quelconque contrôle sur ce qui se passe dans notre chambre. Mais on n'a pas toujours tout ce que l'on souhaite dans la vie. Par exemple, moi je sais qu'un de mes souhaits ne sera jamais exaucé, c'est celui du régime amaigrissant à base de pancakes et de sirop d'érable…

Cela fait plus d'un an qu'il dicte sa loi dans notre lit et, en pratique, il aboie plus fort qu'il ne mord. Toutefois, de temps en temps, je fais le nécessaire pour qu'il me morde parce que, lorsqu'il le fait, c'est délicieux.

Je me rapproche et je le frôle du bout de la langue, ses hanches montent vers moi et ses mains pèsent sur ma tête. Je pose les lèvres sur la tête de mon champignon préféré et me saisis du reste avec une main. Il me laisse faire un moment puis m'attrapant par les cheveux, il me fait remonter.

Je le regarde avec surprise. Il ne m'a jamais interrompue avant.

– Viens ici, dit-il. Même si j'adore ce que tu fais, ce n'est pas comme cela qu'on va mettre notre nouveau bébé en route, Lovey. Je pense qu'il est temps qu'on lui fasse un petit frère.

– Et si c'est une autre fille ? je lui demande en riant.

– Non, aucune chance. Je t'ai pas dit que c'était moi qui faisais la loi dans ce lit ? Si je dis que ce sera un garçon, tu vas me faire un garçon.

Vu l'air narquois qu'il prend pour me dire cela je sais qu'il accueillera bien tout ce que je pourrais lui pondre, mais c'est clair, il voudrait un fils.

– Si je vous donne un héritier mâle, noble seigneur, m'accorderez-vous un vœu ?

– Ce que tu veux ma Lovey, me dit-il en me tirant au-dessus de lui.

– Nous ne l'appellerons par James. Par pitié, il y a assez de James dans ta famille.

– Si tu m'accordes James comme deuxième prénom, tu peux choisir le premier.

– Ça marche.

Il me soulève par la taille et me fait descendre sur lui. Je bascule la tête en arrière et toute idée de prénom s'envole. Je ne suis plus qu'une boule de désir qui se concentre sur la friction de la partie la plus sensible de mon anatomie. Je n'arrive pas à me rendre compte du temps qui passe. Je crois qu'il s'est arrêté, mais il reprend son cours trop vite. Je suis perdue pour le reste du monde. Il n'y a que Ten et moi qui existons. Il arrête de bouger et glisse sa main entre nous deux. Il trouve ce qu'il cherche et presse fort entre deux doigts.

– C'est comment ? demande-t-il.

– Incroyable, je réponds. Tu me tues et j'adore.

Je le regarde et je lui dis – Ne te retiens plus, donne-moi tout ce qu'il faut pour te faire un petit garçon. Il sera beau et intelligent comme son père et le bébé le plus aimé de la terre.

Pour la première fois je donne une directive sans susciter un blocage. Bien au contraire, il lève les hanches et serre les doigts un peu plus fort. Je ravale le cri qui manque de m'échapper, j'ai beau m'abandonner, je me rappelle qu'il y a une petite fille dans la pièce à côté et que la porte est ouverte. Je m'effondre sur Ten, à bout de souffle.

Il nous retourne et glisse un oreiller sous mes fesses.

– Qu'est-ce que tu fabriques ?

– J'aide la gravité.

Je ris. Il est fou ! Mais quand je vois la façon dont il me regarde, je sais que j'adore sa folie. Il y a tellement d'amour dans son regard que les larmes me montent aux yeux.

– Tu penses à Eve ?

– Non, mon amour, je pense à la chance que j'ai de t'avoir.

Sauf que maintenant bien sûr je pense à Eve. J'espère que c'est une petite fille heureuse. J'espère qu'on l'aime et qu'on la dorlote. Ten peut le lire sur mon visage et m'embrasse avec fougue. Il m'embrasse pour que je ne pense plus à Eve et, pendant un moment, ça marche. Son baiser s'éternise assez longtemps pour qu'il soit à nouveau d'attaque.

– Prête ? me demande-t-il.

– On vise des jumeaux ?

– Je n'y avais pas pensé. Deux garçons, ce serait cool.

Je ne crois pas. Un à la fois cela me semble suffisant d'autant que la princesse Alexandra demande 300% d'attention. On ne croirait jamais que Ten n'est pas son père biologique. C'est le meilleur père au monde et Alexander est un parrain merveilleux,

Il vient à chaque fois qu'il est sur la côte est. C'est environ un mois sur deux, car il voyage beaucoup. Il essaie de venir quand Ten est absent. Sans doute parce que voir à quel point Alexandra aime Ten le déchire un peu plus chaque fois. C'est dur pour lui de venir à ce rythme. Ses visites lui font de la peine, mais il ne peut pas s'empêcher de revenir.

Je fais ce qu'il faut pour ne pas être là lorsqu'il passe du temps avec notre fille parce que j'ai beau aimer Ten, je ne peux pas prétendre que de voir Alexander me laisse indifférente. Quand je le vois, même si je me fais la leçon je ne peux pas m'empêcher d'imaginer un tas de réalités alternatives.

– Lyv, dit Ten. Tu n'es pas avec moi. À quoi penses-tu ?

Cet homme me connaît si bien qu'il peut parfois lire dans mes pensées.

– Que tu gâtes tellement Alexandra que des jumeaux ce serait l'enfer !

C'est juste un mensonge par omission. Je l'embrasse dans le cou comme je sais qu'il aime.

– Bon alors juste un seul garçon.

– Et un garçon pour Monsieur, je dis comme si j'appelai une commande à la cuisine.

On fait l'amour de façon joyeuse. Ten me soulève jusque dans un nuage de joie et de bonheur. Je crois que c'est à cela que ressemble le bonheur. Nous nous rendormons et sommes réveillés par Oliver quelques heures plus tard.

Il frappe à la porte et ouvre sans attendre que nous répondions. À moins qu'il frappe depuis assez longtemps pour comprendre qu'il ne va rien interrompre. Alexandra est blottie dans ses bras et mange je ne sais quoi. Je crois que c'est un morceau de pain. Quelle heure est-il ? La pendule de la table de nuit indique qu'il est midi. Je remercie le ciel pour les horaires de folie d'Oliver et de son affection pour notre bébé. De temps en temps, il se charge d'elle et nous laisse faire une grasse matinée.

– J'ai besoin de passer un coup de fil, dit-il, et votre appareil doit être décroché.

– Ah oui. Désolée. Une blague téléphonique aux aurores blêmes. Je tire sur le fil du téléphone et raccroche le combiné.

Alexandra se tortille dans les bras d'Oliver et demande son père. Oliver la laisse tomber sur le lit du côté de Ten.

– Je l'ai nourrie, mais je crois qu'il faut la changer.

Ten me regarde et je lui dis, Oh non, elle a demandé son père. C'est toi le héros des couches aujourd'hui.

Oliver rit et le téléphone sonne alors qu'il sort de la pièce.

– Je vais prendre l'appel dans le salon, dit-il. Je retrouve ma mère pour déjeuner et je suis sûr que c'est elle qui m'appelle pour me dire qu'elle est arrivée en avance et qu'elle m'attend au restaurant.

À travers la porte, alors que je m'habille, je l'entends répondre.

– Bonjour, oui, le téléphone était décroché. Sûrement que le bébé a renversé l'appareil... et oui ça arrive avec les bébés... bien sûr, moi je n'ai jamais fait de bêtises, j'étais parfait... mais oui. Je te retrouve dans deux minutes.

Oliver a une relation étrange avec sa mère. Il lui parle sur un ton condescendant. On dirait qu'il s'adresse à une idiote qu'il ne faudrait pas contrarier. J'espère que mes enfants ne me parleront jamais comme cela, je me sentirais insultée.

Le téléphone sonne à nouveau et Oliver décroche à la première sonnerie. Je pense que c'est encore sa mère qui a oublié de lui dire quelque chose, mais après le premier ' Allo ' il reste silencieux un moment.

– Merci de votre appel, dit-il. Elle n'est pas disponible, mais si vous me donnez votre numéro je lui demanderai de vous rappeler dès que cela sera possible... Oui. Je comprends... Monsieur Mitchell, oui, Oliver répète chiffre après chiffre un numéro de téléphone à l'indicatif de Long Island. Merci Monsieur.

Et soudain, je comprends pourquoi cette voix était familière. C'était Dave Mitchell. Le gentil voisin qui m'a ramassée sur le bord de la route si souvent. Qu'est-ce qu'il pouvait bien me vouloir ?

Je sors de ma chambre. Oliver a raccroché et il est debout dans le salon avec une expression peinée sur le visage. Il me regarde entrer dans la pièce et m'invite à m'asseoir.

– Qu'est-ce que Dave voulait ?

– Tu le connais ? Je hoche la tête. Il appelait à propos de tes parents.

Ma réaction est immédiate.

– Je n'ai pas de parents, pour moi ils sont morts.

– Il a appelé parce qu'il y a eu un incendie, dit Oliver en ignorant ma réponse.

C'est alors que je comprends.

– Tu veux dire qu'ils sont vraiment morts ?

Oliver hoche la tête et fait un pas dans ma direction. Il a un air navré comme s'il s'attendait à ce que je m'effondre en entendant cette nouvelle. Il se rapproche pour pouvoir m'attraper si je tombe.

Je fais un pas en arrière et je le rassure.

– Je vais bien Oliver. Vraiment, ça va. Ils n'étaient rien pour moi alors ne t'attend pas et ce que je porte le deuil.

Oliver est sidéré.

– Le numéro est sur le bloc à côté du téléphone.

– Merci, je l'appellerai. Vas-y. Ta mère t'attend.

– Ah oui c'est vrai, pendant un instant j'avais oublié. Tu es certaine que tu vas bien ? me demande-t-il encore.

Ten sort de la chambre d'Alexandra avec un bébé tout propre dans les bras.

– Et pourquoi cela n'irait pas ? demande-t-il à Oliver.

– Parce que l'appel ce matin c'était Dave, Dave Mitchell des Hamptons.

– Dave ? Le garagiste qui rafistolait ton vélo ? Qu'est-ce qu'il voulait ?

– Me dire que mes parents sont morts.

C'est tellement étrange. Je ne ressens rien. Pas de vide, pas de regrets. Je me rends bien compte que ce n'est pas normal. Je devrais ressentir quelque chose, mais non, rien. Même pas un soulagement. Pour moi ils sont morts à la seconde où l'on m'a pris Eve. À moins qu'ils n'aient été déjà morts pour moi bien avant cela. Je ne vais pas porter le deuil. Je vais bien.

Si le fait d'être si détachée fait de moi une sorte de monstre alors Ten est de la même espèce parce que la seule chose qu'il trouve à dire c'est que nous allons pouvoir passer du temps à Long Island cet été. Et puis, chatouillant le ventre d'Alexandra du bout du nez, il lui demande, Qui est-ce qui va aller à la plage au printemps ?

Oliver reste bouche bée, la main sur la porte de l'appartement. Une telle indifférence face au décès de mes parents est au-delà de ce qu'il arrive à comprendre. Il en a de la chance. Cela veut dire que, contrairement à moi, la vie lui a donné des parents aimables.

Chapitre 20

J e suis face à une pile de bois calciné recouvert de neige. Je ne ressens toujours rien. La seule chose qui me vient à l'esprit c'est que cette scène de désolation est plutôt jolie. Je baigne dans une indifférence sereine. C'est tout ce qui reste de la maison de mes parents. Elle a complètement brûlé. Un feu électrique selon les pompiers.

Tout a disparu, la balance sur laquelle elle me faisait monter une fois par semaine pour se moquer de mon poids, la cravache avec laquelle elle me frappait enfant, le peigne en métal avec lequel elle m'arrachait les cheveux sous prétexte de me donner un air plus soigné... Tout est parti en fumée. Je n'arrive pas à penser à quoi que ce soit qui se trouvait dans cette maison qui pourrait me manquer.

Après avoir parlé à Dave et m'être excusée pour lui avoir raccroché au nez, j'ai attendu lundi et appelé la morgue. Une dame charmante m'a expliqué qu'ils avaient pu identifier mes parents avec ce qu'il en restait. Des os calcinés, je suppose. Elle m'a dit que ce serait mieux pour moi de ne pas les voir dans cet état pour garder le meilleur souvenir d'eux possible.

J'ai failli éclater de rire. Conserver un bon souvenir n'est pas au menu du jour, mais la pauvre femme ne pouvait pas le savoir. Elle m'a donné le numéro de téléphone d'une entreprise de pompes funèbres et j'ai commandé deux cercueils. Je ne savais pas si j'allais hériter de quoi que ce soit, mais c'était sans importance, j'étais prête à payer pour leur enterrement, car, contrairement à eux, je ne suis pas un monstre.

Ten est debout près de moi, il me tient la main. Il remarque l'évidence, Il n'y a plus rien que le terrain.

– Ce n'est pas grave. De toute façon, je ne voulais rien. Mes seuls trésors d'enfance sont nos souvenirs. Il me serre la main. Je sais qu'il comprend.

– Tu vas tout de même hériter de la parcelle, de ce que paiera l'assurance pour la maison et puis enfin du restaurant, me dit-il. Ah oui, il y a le solde de leurs comptes en banque. Le banquier m'a dit qu'ils avaient fait de jolies économies.

C'est Ten qui se charge de gérer la succession. Je suis étonnée que la Salope n'ait pas tout laissé à je ne sais quelle œuvre de bienfaisance pour s'assurer que je n'hérite de rien. Sans doute pensait-elle avoir encore bien des années pour s'organiser afin que je ne touche pas un seul centime venant d'elle.

– Je veux tout vendre.

– Tu ne veux pas y réfléchir un peu avant ? Pense à Martha et puis à Wendy. Elles travaillent toujours là-bas, tu sais.

– Alors on vendra à quelqu'un qui acceptera de les garder.

Peut-on mettre cela dans le contrat de vente ?

– Je ferai ce que je pourrai, dit-il.

– Merci, je souhaite ne jamais plus en entendre parler.

– Que veux-tu faire de l'argent ? me demande Ten. Je ne sais pas combien on va pouvoir tirer du restaurant, mais le terrain a pris beaucoup de valeur.

Je le regarde en souriant, Il est peut-être temps que je me lance et que j'ouvre mon propre restaurant.

– Ou alors tu pourrais rester à la maison pour t'occuper des enfants. Tu n'as plus besoin de travailler. Je gagne assez pour cela maintenant.

C'est vrai. Il n'a pas les salaires mirifiques auxquels il aurait pu prétendre s'il avait rejoint un très gros cabinet, mais il gagne bien sa vie dans le petit groupe qu'il a décidé de rejoindre. C'était son choix. Il a décidé d'avoir des horaires plus raisonnables pour compenser le fait que je travaille souvent le soir. Je fronce les sourcils et je me demande s'il est toujours satisfait de sa décision.

Il observe mon changement d'expression et hausse les épaules.

– Je ne fais que te rappeler que c'est possible. Tu peux faire ce que tu veux, Lovey. Je veux que tu sois aussi heureuse que je le suis.

En souriant, je lui demande, Tu es vraiment heureux ?

– Je n'échangerai de place avec personne. Il me prend dans ses bras et ajoute. Je veux encore quelques enfants en bonne santé et la vie sera parfaite.

– Dis-moi, Ten. C'est combien *quelques* enfants ?

– Au moins encore deux ou trois ? dit-il presque timidement. J'ai tellement détesté être un enfant unique. Sans mon cousin Jimmy et toi je serai mort de solitude.

– On va faire cela progressivement, un à la fois, mais deux cela me semble raisonnable. Je ne pense pas qu'Alexandra sera d'accord. Elle est déjà jalouse de l'attention que tu me portes alors elle va faire sa crise lorsqu'elle te verra t'occuper d'un autre bébé.

– Mais non. Je lui expliquerai que c'est un jouet, elle pensera qu'on l'a fait juste pour elle.

Je ris. Il l'aime tant que c'est moi qui suis obligée de faire preuve d'autorité pour ne pas la laisser se transformer en monstre. Nous remontons en voiture. La petite princesse de Ten dort à poings fermés. Les balades en voiture ont cet effet sur elle.

Cette nuit, nous allons dormir dans le bungalow de Ten. Cela m'inquiète un peu à cause de tous les souvenirs d'Alexander qui le peuplent, mais l'autre possibilité c'était la maison principale et je ne suis pas certaine de vouloir cohabiter avec le clan Clark même pour une nuit en dormant dans une chambre dans laquelle j'ai encore plus de souvenirs d'Alexander... Dîner avec eux va déjà être bizarre.

Lorsque nous arrivons, nous sommes accueillis par Jimmy et Steven. Ils sont venus avec Laura. Laura est leur assistante à plein temps. Elle s'occupe de leur maison et travaille aussi dans leur salle des ventes. Ils l'ont engagée à la sortie du lycée juste lorsqu'elle a commencé la faculté.

Son truc c'est l'histoire de l'art. Je crois qu'elle a fini un master et qu'elle commence une thèse.

Elle me regarde sortir Alexandra du siège auto et tend les bras.

– Je peux ? me demande-t-elle.

– Mais bien sûr ! Je lui mets ma fille dans les bras. C'est si gentil à vous d'être venus jusqu'ici pour la garder pendant l'enterrement.

– Ce n'est rien du tout, dit-elle et elle semble encore plus jolie qu'avant. C'est l'une de ses femmes qui sont encore plus belles avec un enfant dans les bras.

On dirait que c'est aussi ce que pensent Jimmy et Steven. Ils la regardent affectueusement alors qu'elle fait faire l'avion à Alexandra en lui murmurant des bêtises. Alexandra l'a adoptée. D'un autre côté, Alexandra n'est pas difficile, elle aime toute personne qui la traite comme si elle était le centre de l'univers et là, c'est ce que fait Laura.

Jimmy et Steven échangent un regard complice. Oui, ces deux-là sont prêts à être pères et ils préparent quelque chose. Il leur faut juste trouver une femme. La lumière se fait dans mon cerveau. Mais non, ils l'ont déjà trouvée et ils la regardent.

Nous rentrons dans la maison, il y a un énorme feu dans la cheminée et James Senior l'observe avec un air pensif. Il se tourne vers nous à notre entrée et dit avec bonne humeur, Il est grand temps, je meure de faim !

Ses deux petits-fils lui donnent un coup de main pour le lever du canapé et l'aident à marcher jusqu'à la table. Il a beaucoup vieilli ses six derniers mois et il a décidé de s'installer ici à plein temps. Il semble avoir besoin d'être poussé pour démarrer, mais après il marche tout seul, son pas est saccadé, on dirait un jouet mécanique.

La table est joliment mise. Sans aucun doute le travail de Laura. Je remarque une chaise haute en bout de table. Jimmy suit mon regard et s'explique.

– Je suis montée la chercher au grenier. Elle était à moi et puis à Ten.

– À moi, dit Alexandra nous faisant tous éclater de rire.

– Merci d'avoir retrouvé cette superbe pièce de musée.

James Senior s'installe à côté de moi et place sa grande main sur la mienne.

– Ne le prend pas mal, Lyv, j'aime beaucoup cette petite Alexandra Jane, mais ce que je voudrais vraiment c'est un arrière-petit-fils. Est-ce que tu crois que tu pourrais m'en faire un avant que j'aille manger les pissenlits par la racine ?

– On y travaille, Monsieur.

– Bien, bien, répond-il en rougissant un peu. Il glousse et s'adresse à Ten. J'ai une confession et des excuses à te faire, petit.

Ten le regarde avec un air étonné. James Senior n'est pas du genre à se confesser et encore moins à faire des excuses.

– Pendant des années, j'ai cru que tu étais de l'autre bord, explique le vieil homme. Et comme ces deux-là ont choisi un drôle de style de vie, il pointe du menton vers Jimmy et Steven, j'ai bien cru que la famille s'arrêterait avec vous.

– Nous n'avons pas encore dit notre dernier mot, dit Jimmy en riant. Avec un peu de chance, on va peut-être te livrer un arrière-petit-fils avant Lyv et Ten.

À la seconde où je vois Laura rougir, je la regarde sous un nouveau jour. Mon dieu, comment fait-elle pour gérer deux hommes ? Je regarde à travers la fenêtre pour ne pas la fixer ni fixer Ten que son grand-père a sans doute mis mal à l'aise.

Mes yeux se posent sur le bain à remous. Je me rappelle le premier soir, celui où nous y avions bavardé tous les trois, Ten, Alexander et moi. J'essaye d'imaginer une scène avec nous trois et c'est tellement dérangeant que j'en avale ma salive de travers.

Ten, qui est assis entre la chaise haute d'Alexandra et moi, suit mon regard et lève un sourcil interrogateur. Je lui souris. Tout va bien. Un homme à la fois c'est tout ce que je suis capable de gérer. Mais je comprends tout de même Laura. Je n'ai pas besoin d'être persuadée du fait qu'on peut aimer deux hommes à la fois. Je me dis qu'elle a bien de la chance parce que les deux hommes qu'elle aime sont satisfaits de cette situation.

Nous finissons de dîner tôt et ressortons dans le froid jusqu'au bungalow. Il y a eu des changements depuis ma dernière visite. Il y a un gros radiateur électrique capable de réchauffer rapidement la pièce et cet immense lit qui occupe presque toute la surface. Il est plus grand qu'un king. Il a dû être fait sur mesure.

– Comme nous ne venions pas, j'ai dit à Jimmy qu'il pouvait s'y installer et tu sais...

Ten n'achève pas sa phrase, mais je comprends. Pour être dans un ménage à trois, on n'a pas seulement besoin d'un cœur plus gros que la normale, mais aussi d'un lit bien plus large.

Il y a aussi, près de la fenêtre, un lit d'enfant pliant. L'étiquette est toujours attachée à l'un de ses pieds. Dans le lit, il y a un petit oreiller, une ravissante couverture et une suspension en bois. Laura a pensé à tout. Elle se prépare à devenir mère.

Nous couchons Alexandra et elle s'endort rapidement après avoir examiné le jouet un tout petit moment. Il faudra que je remercie Laura pour m'avoir évité la nuit d'enfer que je redoutais avec le bébé entre nous deux.

Ten sort de la salle de bain et dit, J'ai adoré quand tu l'as fait rougir... *On y travaille* c'était une réponse parfaite. Oust, au lit Lovey, on a du pain sur la planche.

Chapitre 21

Thank God it's Friday! Dieu merci c'est vendredi, je chantonne après avoir entendu cette chanson en passant devant la boutique d'électronique à deux pâtés de maisons de chez nous. La musique qui sortait des enceintes posées devant la porte était si forte qu'elle a fait sursauter le bébé. Pourtant le liquide amniotique est supposé amortir les sons.

L'hiver a été dur et long. J'ai présenté ma démission à Marc Martin en septembre en lui expliquant que j'allais faire une pause et puis, après la naissance du bébé, ouvrir mon propre établissement. Il n'a rien voulu savoir. Il a prétendu que c'était mon obligation morale de rester jusqu'à ce que j'aie formé quelqu'un d'autre. Cet homme avait été si généreux avec moi, je n'ai pas su lui refuser alors je suis restée jusqu'à ce soir.

La date du terme c'est le 15 février. Il me reste quatre jours pour me reposer avant d'accoucher de mon troisième enfant. Manhattan est en plein boom pour un long week-end. La chaîne météo a annoncé une tempête de neige. Hier, je me suis assurée que nous avons de quoi tenir quelques jours sans électricité. Nous avons des boites de conserve, de l'eau et des bougies. Ce soir après avoir pris ma douche, je vais remplir la baignoire d'eau. J'ai eu tellement de mal à gérer les odeurs pendant toute la grossesse que je ne vais pas rester enfermée dans un appartement dans lequel on a rien pour tirer la chasse.

En rentrant, je libère Catherine, notre jeune fille au pair. Elle passe le week-end chez son copain à Brooklyn. Elle a intérêt à prendre des forces parce que bientôt nous allons jongler avec deux enfants. Elle se sauve à mon arrivée. Alexandra est toute propre et prête à être mise au lit. Je jette mon manteau sur le canapé et me pose sur le sol dans sa chambre pour jouer avec elle avec sa ferme Duplo géante.

C'est un cadeau d'Alexander. Il a acheté tous les animaux disponibles en plus de la boite alors maintenant cela tient plus de l'arche de Noé que de la ferme. Je m'amuse en regardant Alexandra se servir du lion et du tigre pour ramener le bétail dans l'enclos. À chaque fois que je fais le bruit d'un animal, nous éclatons de rire toutes les deux. Il n'y a rien de plus délicieux que son rire. C'est une petite fille ravissante. Elle a son caractère tout de même. Elle peut être adorable un instant et épouvantable trois secondes plus tard. Maintenant que j'y pense, je me dis que ceux avec qui je travaillais ont pu aussi se dire cela au cours de ces dernières semaines.

– Daddy ! Alexandra crie en tendant les bras. Je lève les yeux et Ten est appuyé sur l'embrasure de la porte. Il a quelques flocons dans les cheveux et a les joues rougies par le froid. Il la prend dans ses bras et lui demande, Ma petite princesse est-elle prête à aller au lit ?

Elle proteste et il la taquine. Je roule jusqu'à la position assise, je suis une véritable montgolfière. J'essaie de me lever et une drôle de douleur me paralyse. Je m'immobilise et je prends une grande respiration. Je ne dis rien parce que si j'en souffle un mot à Ten il va paniquer et on va se retrouver aux urgences pour tout le week-end. Je tente de bouger à nouveau et tout va bien.

J'arrive à me relever et vais préparer notre dîner pendant que Ten commence à lire une histoire à Alexandra. Une histoire peut facilement se transformer en une douzaine d'histoires si on la laisse faire. Lorsque le repas est prêt, je les préviens que c'est la dernière histoire et je fais une bise à Alexandra avant d'aller m'allonger sur le canapé. Je zappe d'une chaîne à l'autre et tout le monde parle de la tempête. Le responsable météo de la chaîne où je m'arrête prédit que cette tempête de février 1983 restera dans les annales. Je regarde les tourbillons de flocons à travers la fenêtre. C'est bien agréable de regarder la neige tomber quand on est en sécurité bien au chaud.

Je ferme les yeux et quand je les ouvre à nouveau les lumières sont tamisées. J'ai un oreiller sous la tête et une couverture sur moi. Ten est allongé par terre près de moi en train de lire un livre.

– Je suis désolée, je lui dis. Je voulais passer la soirée avec toi. On a été si occupé tous les deux, que cela fait des semaines qu'on se voit plus.

– Ne t'inquiète pas, bébé. Je vais rester à la maison avec toi pendant plusieurs jours. Il pointe du doigt en direction de la fenêtre. On dirait que la situation a empiré. Je me lève et cette drôle de douleur revient.

Ten me regarde et cette fois-ci il remarque ma grimace.

– Ça va ?

– Bien sûr, c'est juste que j'oublie que je suis tellement énorme qu'il faut que je bouge doucement.

– Tu n'es pas énorme, me dit-il et je fais un bruit horrible, genre reniflement, qui le fait rire. Bon d'accord, tu es énorme, mais tu es aussi magnifique. La dernière fois qu'il t'a vu, Jimmy t'a comparé à une magnifique déesse de la fertilité.

– C'est cela, Laura et moi sommes les deux nouvelles déesses de la fertilité et nous allons peupler la terre de petits Clarks. Je réalise que c'est ridicule, qui sait si l'enfant de Laura est de Jimmy ou de Stevens ? Leur choix de vie rend les choses compliquées. Comment vont-ils faire pour l'extrait de naissance ?

Je me lève et je marche jusqu'à la fenêtre. La vue est magnifique. Tout est d'un blanc immaculé. Il n'y a aucune circulation dans la rue. On peut juste voir quelques piétons qui marchent, ils doivent se presser de rentrer. Je me rappelle qu'Oliver devait être là ce soir. Il a dû se faire coincer à l'hôpital. Il n'est qu'à une douzaine de pâtés de maisons donc il pourrait rentrer à pied. Mais une partie du personnel a dû ne pas arriver à cause de la tempête et il sera sans doute coincé là-bas toute la nuit.

La douleur revient et j'ai du mal à rester debout. Je me sentirais plus rassurée si Oliver était là. Je ne vais jamais pouvoir marcher jusqu'à l'hôpital et les ambulances ne vont pas pouvoir rouler ce soir.

– Ten ? Je veux lui demander d'appeler Oliver pour savoir s'il rentre.

– Oui ma chérie, dit-il sans lever les yeux. Il est plongé dans son livre.

– Ten, je répète. La pièce tourne et j'ai du mal à respirer. Dans cette partie de la pièce, il n'y a rien à quoi je puisse m'accrocher. Un pas de plus et c'est le canapé. Je peux sûrement faire un pas de plus. J'ai juste le temps de redire, Ten ! avant que tout devienne noir.

Merde, il va paniquer, est la dernière chose que je pense avant de m'évanouir.

Lorsque je rouvre les yeux, Ten est au-dessus de moi. Il essaye d'avoir l'air cool, mais je sais qu'il n'en mène pas large.

– Comment te sens-tu ?

– Ça va, je crois. Je fais l'inventaire de mes sensations à haute voix. J'ai mal à l'arrière de la tête. Mais j'ai dû me cogner en tombant. Mon ventre est un peu contracté, mais rien de douloureux. Mes jambes sont toutes gluantes.

– Ouais, tu as perdu les eaux, dit-il avec un ton inquiet.

– Qu'est-ce que tu ne me dis pas ? je lui demande. Après tout, il sait que cela fait partie des choses qui arrivent, il l'a déjà vu la dernière fois. Pourtant quelque chose l'embête.

– Je ne me rappelle pas que c'était rose pour Alexandra.

– Ah... je suis surprise. Tu as pu remarquer une couleur sur le sol sombre du palais de justice ?

Il ignore ma remarque et me dit, j'ai sonné le gardien et je lui ai demandé si on avait une sage-femme dans l'immeuble. En réfléchissant, il m'a dit qu'on avait une infirmière, mais qui travaille en gériatrie depuis des années, un chirurgien orthopédique à la retraite d'environ quatre-vingts ans, un psy et un ORL qui sort de l'école de médecine.

Son inventaire me met en joie. Le jeune diplômé est mon favori.

– C'est le mien aussi, mais il n'est pas chez lui, me dit Ten.

– Tout va bien se passer, lui dis-je. Les femmes ont eu leurs enfants à la maison pendant des siècles et...

– Les taux de mortalité étaient astronomiques !

– Tu te rends compte que tu n'es pas rassurant ? je lui demande en plaisantant.

– Je suis désolé, vraiment désolé. Ten déteste être impuissant.

– Tu as appelé Oliver ?

– Bien sûr, c'est ce que j'ai fait en premier !

– Et alors ?

– Il achève une opération et il arrive aussi vite que possible.

– C'est parfait, il trouvera un moyen de venir. Tout va bien se passer.

– Tu me le promets ? Ten a les larmes aux yeux. Je ne sais pas ce que je deviendrais sans toi.

– Arrête tes bêtises, je lui dis en le tirant vers moi. Il n'y a pas de quoi s'inquiéter, je ne vais pas disparaître.

Je lui pose une main sur mon ventre et je lui dis, Tu vois, il n'y a même pas de contractions. Tu n'as pas le droit de paniquer avant qu'elles soient espacées de cinq minutes et hyper fortes. En attendant, nous allons enfin choisir un prénom.

Ten s'essuie les yeux et tente de jouer le jeu.

– Tu te souviens que je ne te laisse choisir le prénom qu'à la condition que le second prénom soit James, n'est-ce pas ?

– Oui. Je pensais à Oliver.

– Et tu te disais quoi à propos d'Oliver ?

Ten n'a jamais été aussi lent.

– Oliver, comme nom pour le bébé.

– Oh !

Il a compris.

– Si Oliver court à travers le blizzard pour venir accoucher ce bébé, je pense qu'il devrait s'appeler Oliver.

– D'accord, dit-il. Il est tellement inquiet que si je suggérais quelque chose d'aussi hallucinant qu'Amadeus ou Archibald, il serait toujours d'accord.

– Je vais fermer les yeux et me reposer un peu, je lui dis. Je me sens vraiment fatiguée.

Lorsque je me réveille à nouveau, tout ce que je vois est le dessus de la tête d'Oliver. Il m'a replié les jambes et poussé les genoux vers l'extérieur. Il est en train d'estimer l'importance de la dilatation.

– Quoi de neuf docteur ?

– Hey, Lyv, il me fait un clin d'œil. Merci de m'avoir donné la chance de me sauver. Sans toi, j'aurai été coincé aux urgences toute la nuit.

– Tu sais que tu peux toujours compter sur moi, je lui dis en riant.

Il n'y a qu'Oliver pour considérer que je lui ai fait une faveur en lui faisant traverser douze pâtés de maisons sous la neige.

– Mais où est Ten ?

– À la cuisine, je l'ai envoyé faire bouillir de l'eau.

– Pour quoi faire ?

– Pour l'occuper, dit Oliver en riant. C'est ce qu'ils disent toujours dans les films de cow-boy quand l'héroïne va avoir son bébé au milieu de nulle part.

Je ris à nouveau. Oliver a un sens de l'humour très étrange.

– Dis-moi, comment te sens-tu ?

– Pas trop mal, mais je suis inquiète parce que je n'ai pas de contractions. Comme j'ai perdu les eaux, cela n'aurait pas dû déjà commencer ?

– Pas forcément. Si l'on était à l'hôpital, je te surveillerai comme pour Alexandra, mais comme on est à la maison, je vais induire le travail.

Je remarque qu'il y a une intraveineuse dans mon bras. Je suis reliée à une bouteille qui est accrochée à une de nos chaises et maintenue avec du scotch. À côté de moi il y a une valise qui ressemble à la trousse de première urgence que les infirmiers du SAMU transportent avec eux. Je suis sûre qu'elle pèse une tonne.

– Tu as porté cela dans la neige sur toute la distance ?

– Non, j'ai un ami qui fait du motocross, je l'ai appelé et il est venu me chercher. Il était ravi d'avoir une excuse pour traverser Manhattan à fond la caisse ce soir. Il te remercie aussi de lui avoir donné l'occasion de sortir.

– Je crois que le travail vient de commencer, je lui dis en respirant à fond.

– C'est bien, c'est l'ocytocine qui fait son effet. Tout est normal.

À la fin de la contraction, je lui demande, As-tu pu jeter un œil au liquide amniotique ? Ten a dit qu'il y avait du sang.

– Il l'a épongé avec une serviette bleu marine alors je n'ai pas pu vérifier, dit-il en levant les yeux au ciel. Mais même si c'était vraiment rose, ce n'est pas dramatique.

Je me sens un peu mieux maintenant que je sais que le rose ce n'est pas grave. Je suis épuisée. Je crois que je préfère les accouchements de jour. Je me rendors entre chaque contraction jusqu'à ce qu'Olivier me demande de rester éveillée. On y est. À la prochaine fois, je devrai pousser. Ten est à genoux derrière moi en train de soulever mon dos. Il s'est armé d'une serviette humide et m'éponge le front en me murmurant à l'oreille que je suis si courageuse, que je l'impressionne, que pour les autres enfants c'est comme je veux...

– Par pitié ferme là ! je lui hurle dessus en poussant aussi fort que je peux pour la dernière fois j'espère.

Le bébé sort enfin, pas une seconde trop tard et j'éclate de rire en l'entendant crier.

– C'est un garçon, dit Oliver en mettant une pince sur le cordon avant de l'envelopper dans une serviette.

– Bienvenue au monde, Oliver,

Les deux Oliver me regardent. Il y a mon tout petit garçon qui a quelques secondes à peine et a l'air de prendre les choses très au sérieux, et puis mon adorable médecin qui a mis quelques secondes à comprendre que le bébé allait porter le même prénom que lui.

– Ah, oui, très bon choix. Oliver tente de dissimuler son émotion derrière une façade professionnelle, mais je vois bien qu'il est ravi.

Ten a les larmes aux yeux et m'embrasse le front, Je t'aime Lyv.

– Je t'aime aussi, je lui réponds un peu honteuse de lui avoir hurlé dessus.

Oliver me met mon enfant dans les bras avec le cordon encore attaché. C'est le plus beau petit garçon que j'ai jamais vu. Je trouve qu'il ressemble à son père. Je réalise que je suis sans doute en plein délire, mais ça n'est pas grave puisque c'est un délire heureux.

La vie est pleine de surprises, le bonheur ressemble rarement à ce à quoi l'on pouvait s'attendre.

Si vous avez aimé ce livre, ce serait gentil de le faire savoir en écrivant un commentaire auprès de votre fournisseur préféré ou de votre club de lecture.

Si vous le faites, envoyez-moi un mail
à me@oliviarigal.com
pour que je puisse vous remercier.

Vous pouvez aussi me rejoindre sur Facebook
http://www.facebook.com/AuthorOliviaRigal

et vous inscrire sur ma mailing liste pour être avisée
des nouvelles parutions :
http://OliviaRigal.com

ou enfin me suivre sur twitter
https://twitter.com/booksbyolivia

MERCI

Autres livres

– Lyv

– Jade

LES TORNADES D'ACIER

– Froid comme la pierre

– Froid brûlant

– Fusion froide

– A chaud

à venir en 2015

– Chaud Bouillant

– Chauffé à blanc

À PROPOS DE L'AUTEUR

Née à Manhattan, Olivia Rigal a passé sa jeunesse à faire la navette entre les États-Unis et la France. Elle a vécu et étudié le droit dans ces deux pays.

Pendant ses études, elle a exercé de nombreux métiers. Ainsi, elle a travaillé aux Puces de Clignancourt ainsi que dans un studio d'enregistrement parisien. À Manhattan, elle a été toiletteuse, puis assistante administrative dans une salle des ventes anglaise renommée.

Olivia s'est installée en France pour y élever sa famille. Elle a beaucoup voyagé à travers l'Asie du Sud Est et a une tendresse particulière pour le Laos et la Thaïlande.

Lorsque son activité d'avocat ne la retient pas à Paris, Olivia se sauve jusqu'en Floride, dans sa maison à côté du Parc National de MacArthur Beach State Park pour y écrire des romans.

Depuis la fin de l'année 2012, elle participe au mouvement des "Indies" en publiant à titre indépendant de courts romans en anglais.

Début 2014, elle les traduit aussi en français.

Les histoires qu'elle y raconte peuvent être lues séparément bien qu'il arrive souvent que ses personnages se rencontrent, de sorte que vous pouvez les retrouver dans plusieurs romans.

Elle adore bavarder avec ses lecteurs alors surtout n'hésitez pas à venir lui rendre visite sur sa page Facebook

http://www.facebook.com/AuthorOliviaRigal

– ou à lui envoyer un mot pour lui dire ce que vous avez pensé de ses livres : Olivia@OliviaRigal.com